절대
예술
상식

Absolute Arts Common Sense

KB192743

절대 예술 상식

초판 1쇄 인쇄 | 2012년 02월 10일
초판 1쇄 발행 | 2012년 02월 20일

지은이 | 이정
펴낸이 | 원선화
펴낸곳 | 푸른영토

기획주간 | 전윤호
편집부 | 이세경
디자인 | 김왕기, 정연규
영업부 | 조병훈

주소 | 경기도 고양시 일산동구 장항동 751 삼성라끄빌 321호
전화 | (대표)031-925-2327, 070-7477-0386-9 · 팩스 | 031-925-2328
등록번호 | 제2005-24호   등록년월일 | 2005. 4. 15
홈페이지 | www.blueto.co.kr   전자우편 | kwk@blueto.co.kr

종이 | (주)비전 B&P
인쇄 | 예림인쇄

ISBN 978-89-97348-03-9   03800

* 잘못된 책은 바꾸어 드립니다.
* 값은 뒤표지에 있습니다.

절대
예술
상식

| 이정 지음 |

Absolute Arts Common Sense

푸른영토

이 음악 제목이 뭐야?

〈놀람〉 교향곡.

누가 작곡한 건데?

하이든.

왜 교향곡의 아버지라고 하는 줄 알아?

교향곡의 형식을 완성시켜서 그렇대.

어느 나라 사람인데?

독일 사람인가……?

이 곡 이외에 다른 곡은?

…….

베토벤보다 이전 사람일까?

…….

이쯤 대화가 진행되다 보면 '알게 뭐냐?' 하는 오기가 불끈 솟아오르기 마련이다. 사실 이 세상을 살다 간 많은 사람들이 어디에서 태어났는지, 어떻게 살다 어떻게 죽었는지, 얼마나 많은 일은 했는지 다 알 필요는 없다. 인간의 뇌는 그런 것들을 다 기억하고 있을 정도로 용량이 풍부하지도, 기억력이 좋지도 않으니까. 하지만 하이든은 오스트리아 사람이고, 〈놀람〉 말고 〈시계〉라는 교향곡도 썼으며, 베토벤의 스승이었다는 것 정도는 알고 있어도 뇌에 부담은 주지 않을 것이라 믿는다.

베토벤의 〈운명〉, 워즈워스의 〈무지개〉, 들라크루아의 〈민중을 이끄는 자유의 여신〉 등 우리는 이미 많은 것을 알고 있다. 그러나 막상 누군가에게 말로 옮기는 것은 쉽지 않다. 그리고 그런 작품들이 어떤 시대적 · 철학적 · 사조적 배경을 가지고 탄생되었는지, 그리고 그러한 작품을 창조해낸 예술가들이 어떤 삶을 살았는지까지 세세히 알기란 쉽지 않은 것도 사실이다. 또 한 가지 사조에 대해 알고 있다고 해도, 한 인물에 대해 알고 있다고 해도 수천 년을 이어져 내려온 인류의 역사 속에서 그 사조가 또는 그가 어떤 위치를 갖는지, 어떤 유기적 인과관계 속에서 탄생되었는지까지 알기는 쉽지 않다.

이 책 《절대예술상식》은 바로 이처럼 끝없이 이어지

는 순수한 궁금증을 해소시키기 위해 만들어졌다. 그리고 단편적으로 존재하는 지식의 조각들을 하나하나 이어 붙여 완성시키기 위해 만들어졌다. 이 책은 하나의 주제에서 '무엇'을 찾고, 그 '무엇'에서 또 다른 '무엇'을 찾아 지식의 폭을 확장시키고자 한다.

《절대예술상식》은 인문주의에서 시작한다. 인류의 예술이 인문주의를 기점으로 크게 변화했기 때문이다. 인류는 인문주의에 힘입어 이전의 봉건적이고 전근대적인 인식에서 탈피, 인간 자체에 대한 애정을 바탕으로 이상적 인간상을 실현하는 데 눈을 뜨기 시작한다. 종교가, 신이 세상의 주인이라는 믿음이 무너지고 인간이 주인으로 자리하게 되자 예술의 소재 역시 신에게서 인간에게로 이동했다. 즉, 인문주의는 예술을 이전과 이후의 것으로 크게 나눠놓았던 것이다. 인문주의에서 시작해 시간 대신 호기심을 따라 여행하다 보면 자연스럽게 인류가 수천 년에 걸쳐 이룩해놓은 예술적 유산을 종합적으로 이해하게 될 것이다.

우리의 귀는 하루 종일, 인식하든 인식하지 못하든 각종 소음에 노출되어 있다. 시계 소리, 자동차 소리, 초인종 소리, 컴퓨터 소리, 자판 소리, 그리고 어디선가 들려오는 음악 소리까지…. 또 우리는 가끔 활자 중독이 아닐까 싶을 정도로 활자에 매달린다. 신문에, 책에, 인터넷에, 심지어 텔레비전 오락 프로그램의 자막까지…. 색은 어떤가? 화려하다 못해 난잡해 보이기까지 하는 간판들, 저마다 눈에 들기 위해 몸부림치는 각종 인터넷 배너들, 원색은 아니라 해도 제각기 다른 빛을 반사하는 자동차들까지…. 우리의 눈과 귀는 넘쳐나는 빛깔과 활자와 소리에 고통 아닌 고통을 받고 있다고 해도 과언이 아니다. 저 소리가, 저 활자가, 저 색깔이 우리를 편안하게 해주고 정화시켜 줄 수는 없을까? 그 해답을 예술 작품에서 찾아보면 어떨까?

《절대예술상식》은 아름다운 그림으로 당신의 눈이 정화되고, 아름다운 음악으로 당신의 귀가 정화되고, 아름다운 문학으로 당신의 마음이 정화되길 바란다.

차 례 —●— CONTENTS ————————————

Great art is an instant arrested in eternity.

위대한 예술은 영원 속에서 잡은 한 순간이다.

— 제임스 후네커

# 001 ● 인문주의
Humanism(人文主義)

사람의 존엄과 가치를 중요하게 생각하는 정신 운동.
인본주의人本主義, 인도주의, 인간주의人間主義, 휴머니즘
등으로도 부른다. 기본적으로 세계는 신이 지배한다는
신본주의헤브라이즘에 반대하며, 사람이 세계의 주인이라
는 사람 중심의 생각에 뿌리를 두고 있다. 서양의 문예
부흥기르네상스에 이탈리아에서 발생하여 유럽에 퍼졌다.

15~16세기 신학 중심의 학문에 반기를 들고 고대의
문예, 즉 그리스 · 로마의 고전을 연구함으로써 인간다
움을 높이고 새 시대의 이상적 인간상을 실현하려는 새
로운 이념이 대두되었다. 철학자가 아닌 세속 문필가들
이 베르길리우스와 호라티우스 등의 고사본古寫本을 수
집 · 연구하여 고대인을 이해하려 한 것이다.

인문주의는 1453년 콘스탄티노플의 함락으로 동방의
학자들이 중요한 고대의 서적과 필사본, 그리고 그리스
의 학문적 전통을 지니고 이탈리아로 피신해 온 것에 기
인한다. 르네상스의 확대와 함께 알프스를 넘어 유럽 전
역에 파급되었고, 이들이 추구한 인간성의 이상은 네덜

란드의 에라스무스, 프랑스의 몽테뉴 등에 의해 확립되었다. 인문주의의 선구자로는 **단테**, 페트라르카가 있다.

인문주의의 특징은 다음과 같다.

첫째, 모든 예술에서 인간의 본성을 그 주제로 한다.

둘째, 모든 학파와 그 체계에 나타나는 진리의 통일성과 조화성을 강조한다.

셋째, 인간의 존엄성을 강조한다.

넷째, 중세 때 상실된 인간 정신과 지혜의 부활을 목적으로 한다.

이런 특징을 바탕으로 인문주의는 종교의 억압에서 인간을 해방시키고 자유로운 탐구와 비판력을 자극, 새로운 정신과 지식에 대한 전망을 공고히 하고 새로운 학문을 발달시키는 데 공헌했다

인문주의의 확산에 큰 기여를 한 것은 인쇄술의 발명이었다. 인쇄술의 발명은 문자 해득 계층을 증가시키고 고전 저작들을 접할 수 있는 기회의 폭을 넓히는 데 크게 기여했다.

인문주의는 훗날 근대 과학의 합리적 정신과 결부되어 계몽주의를 낳았다. 우리나라 동학의 근본사상인 '인내천人乃天'도 그 근본은 인문주의와 같다 하겠다.

네덜란드의 인문학자 에라스무스

단테
Dante

13세기 시인, 예언자, 신앙인(1265.3.?~1321.9.14).

본명은 두란테 델리 알리기에리Durante degli Alighieri로 두란테의 약칭인 단테로 널리 알려져 있다. 중세의 정신을 종합하고 고대를 잇는 문예부흥의 선구자로서 이후 등장하는 페트라르카, 보카치오와 함께 르네상스 문학의 지평을 열었다.

단테는 이탈리아 중부 피렌체에서 태어났다. 금융업을 하던 아버지 덕분에 윤택하게 자란 단테는 유년 시절부터 고전문법과 수사학을 공부하고, 오랫동안 피렌체의 석학 부루넷 라티니Brunetto Latini에게 사사했다. 이때부터 시작된 단테의 학업은 1294년이 될 때까지 이어진다. 그는 중세의 스콜라 철학 외에도 아리스토텔레스 철학 등 다양한 학문을 배운 것으로 알려져 있다.

젊은 시절 단테는 로마교황을 옹호하는 겔피Guelf당을 지지하여 신성로마제국의 황제를 받드는 기벨리니Ghibelline당과 적대관계에 있었다. 두 당의 전쟁은 일단 겔피당의 승리로 끝났지만, 겔피당이 흑당과 백당으로 나뉨에 따라 흑당에 의해 백당이었던 단테는 추방되기에 이른다. 이때부터 단테의 삶은 길고 긴 망명생활의 연속이었다. 한때 추방된 동지들과 함께 피렌체 복귀를 획책하기도 했지만 모두 실패로 끝났다. 게다가 1313년 이탈리아를 공격한 신성로마제국의 황제 하인리히 7세가 급사함에 따라 고국 피렌체에 돌아갈 희망은 일체 없어졌다. 결국 단테는 1291년에 결혼한 아내 젬마 도나티Gemma Donati를 비롯한 가족들과 함께 북이탈리아로 간다.

이후 단테는 라벤나에서 귀도 노벨로Guido Novello의 비호를 받으며 망명 중 느낀 원망과 견신見神의 체험을 바탕으로 지옥·연옥·천국 3계를 편력하는 자신의 모습을 장편의 서사시로 승화시켜 **《신곡》**을 집필했다. 그러나 얼마 안 돼 말라리아로 생을 마감했다.

작품으로는 단테의 유년 시절을 짐작할 수 있게 하는 《새로운 삶Vita nuova》, 라틴어에 의한 시론인 《속어론De vulgari elequentia(俗語論)》, 미완성으로 남은 《향연Convivio》 등이 있다.

〈단테〉(1450)

안드레아 델 카스타뇨Andrea del Castagno 작품

신곡

La Divina Commedia(神曲)

## 003

지옥과 연옥, 천국의 3부작으로 된 종교적 서사시.

《신곡》 표면에 나타난 주제는 사후死後의 세계를 여행
하는 단테의 여행담旅行談이다. 〈지옥편地獄篇〉, 〈연옥편煉
獄篇〉, 〈천국편天國篇〉의 3부로 구성되어 있고, 총 100가
에 1만4천233행에 이른다.

단테는 평생의 연인 베아트리체가 죽은 후 집필을 시
작했다고 한다. 서른아홉 살이던 1304년부터 1313년까
지 8년 동안 1부와 2부를 썼고, 마지막 3부 〈천국편〉은
1315년부터 1321년까지 7년 동안 썼다.

《신곡》의 줄거리는 간단하다. 저자의 이름과 같은 '단
테'가 서른세 살이 되던 해 성聖 금요일 전날 밤 길을 잃
고 어두운 숲속을 헤매다 갑자기 나타난 '베르길리우스'
의 인도를 받아 지옥과 연옥의 산山으로 가고, 이어 나
타난 베아트리체의 인도로 지고천至高天에 이르러 신神의
모습을 우러러보게 된다는 것이다.

단테의 상상 속에서 나온 이 여행담은 구체적인 체험
에서 얻은 진실을 의식적으로 표현한 것이라는 데 주목

해야 한다. 처음 길을 잃고 헤맬 때 만나게 되는 '어두운 숲'은 현실이고, 길을 막는 '세 마리의 야수'는 색욕色慾·교만驕慢·탐욕貪慾이다. 그리고 베르길리우스가 인도한 곳은 이성과 덕에 따라 살아가는 사람들의 지상낙원이다. 이러한 상징에는 단테의 종교관이 고스란히 담겨 있다.

단테는 종교가 지배하는 중세와 이에서 벗어나고자 하는 르네상스의 과도기에 살았다. 때문에 중세의 종교적인 영향을 받았으며, 르네상스의 인간 존중 사상에도 영향을 받았다. 따라서 그의 《신곡》에는 중세 그리스트교 사상과 르네상스의 인본주의가 씨줄과 날줄처럼 전개되어 있다.

또한 단테는 당시의 공용

도레가 그린 《신곡》의 삽화
위로부터 〈지옥편〉, 〈연옥편〉, 〈천국편〉

어였던 라틴어가 아닌 모국어인 이탈리아어로 《신곡》을 썼다. 이는 르네상스 시대의 특징인 각 민족의 국가와 민족 언어에 대한 애착이 반영된 것이라 할 수 있다.

한편 《신곡》은 1800년대에 와서 프랑스 판화가 **도레**에 의해 삽화가 그려짐으로써 언어의 추상성에서 시각적 구체화를 이루기도 했다.

## 004

폴 귀스타프 도레
Paul Gustave Doré

프랑스의 화가, 삽화가, 판화가(1832.1.6~1883.1.23).

1832년 스트라스부르에서 태어났다. 어렸을 적부터 그림에 뛰어난 재능을 보였고, 열 살에는 석판화를 시작했으며, 열다섯 살에는 자신의 삽화가 들어간 책을 출판했다.

도레는 당시 유행하기 시작한 **인상주의**나 사실주의와는 다른 길을 걸었다. 정확한 소묘와 극적인 구도로 환상과 풍자의 세계를 구현한 것이다. 1854년 설화작가 프랑수아 라블레François Rabelais의 《가르강튀아와 팡타그뤼엘Gargantua et Pantagruel》이

후 본격적으로 삽화에 뛰어든 도레는 단테, 바이런, 발자크, 밀턴 등 수많은 문학가들의 작품을 시각화했다. 특히 세르반테스의 작품 《돈키호테Don Quixote》의 삽화는 생생한 묘사로 인해 극찬을

받았다. 피카소는 그의 세밀한 선과 터치에 매혹되었다고 했으며, 고흐 역시 도레를 '최고의 민중화가'로 칭송했다.

도레는 1883년 파리에서 생을 마감하기 전까지 1만 점 이상의 판화를 제작했고, 200권 이상의 책에 삽화를 그렸다. 그의 작품은 단순한 삽화의 개념을 넘어 각 작품만으로도 충분히 명화로서의 깊이와 울림을 가지고 있다. 고전이 지닌 상상력의 지평을 새롭게 열었다는 평가를 받고 있다.

세르반테스의 《돈 키호테》(1863), 밀턴의 《실낙원 Paradise Lost》(1866), 아리오스토의 《성난 오를란도Orlando Furioso》(1877)와 성서의 삽화를 그렸고, 말년에는 〈알렉상드르 뒤마 기념비〉(1879)를 조각했다.

《돈 키호테》의 삽화

《빨간 두건》의 삽화

005 인상주의
Impressionism(印象主義)

19세기 후반에서 20세기 초 일어난 근대 예술 운동의 하나.

프랑스를 중심으로 미술에서 시작되었다 해서 미술사조의 하나로 보기도 한다. 그러나 이 운동은 이후 음악과 문학 분야에까지 퍼져나갔다. 미술 비평가 르로이가 파리의 전시회에서 비판적인 뜻으로 사용한 것에서 유래한다.

인상주의 미술은 전통적인 회화기법을 거부하고 색채, 색조, 질감 자체에 관심을 두었다. 또 그림의 대상을 일상생활에서 찾았다. 이러한 인상주의를 추구한 화가들을 인상파라고 하는데, 이들은 빛과 함께 시시각각으로 움직이는 색채의 변화에 주목, 색채나 색조의 순간적 효과를 이용해 눈에 보이는 세계를 정확하고 객관적으로 표현하고자 했다.

인상파의 대표적 화가로는 모네, 마네, 피사로, 르누아르, 드가, 세잔, 고갱, 고흐 등이 있다. 이들의 활동은 프랑스의 야수파와 독일의 표현주의 등 현대 미술을 형

〈만개한 사과나무Apple Trees in Bloom, Éragny〉(1900)
카미유 피사로Camille Pissarro 작품

〈밤의 카페Cafe la Nuit〉(1888)
빈센트 반 고흐Vincent van Gogh 작품

성하는 데 큰 공헌을 했다.

　인상주의 음악은 인상주의 미술과 상징주의 시 등에 영향을 받아 나타났는데, 극도로 절제되고 섬세한 **표현**을 그 특징으로 한다. 또 자극적이고 색채적인 음, 그리고 모호한 분위기로 대중의 마음을 사로잡았다. 인상주의를 표방한 대표적 작곡가로는 **드뷔시**를 꼽을 수 있다. 라벨, 스트라빈스키 등도 일시적이지만 인상주의 양식을 채용하기도 했다.

클로드 아실 드뷔시
Claude Achille Debussy

프랑스의 인상주의 작곡가(1862.8.22~1918.3.25).

파리 근교 생 제르맹에서 태어났다. 도자기를 파는 상인의 아들로 1871년부터 피아노 교습을 받기 시작해 모테 부인에게 정식 레슨을 받았다. 그 덕에 1872년 가을 파리음악원에 입학했다.

1884년에 칸타타 〈방탕한 아들Eefant Prodigue〉이란 작품으로 로마대상을 받는 등 졸업할 때까지 솔페즈시창, 청음 등 음악의 기초 부문에서 1등상, 피아노 부문에서 2등상, 피아노 반주과에서 1등상 등을 받았다. 그러나 화성법에서는 관습적인 규범에 반발했다는 이유로 무관에 그친다.

학비를 벌기 위해 여름방학 동안 철도부호의 미망인이자 음악 애호가였던 폰 메크 부인의 피아노 반주자로 3년간 러시아와 유럽 각지를 여행했는데, 이 여행을 통해 드뷔시는 감수성을 키웠다. 또한 바니에 부부와 교류하면서 교양을 쌓았다. 이 시기 바니에 부인에게 영감을 받아 〈만돌린Mandoline〉을 비롯한 몇 편의 가곡을 작곡했다.

1893년에는 로마 유학 시절에 작곡한 〈선택 받은 소녀La demoiselle élue〉를 발표해 호평을 받았고, 〈현악 4중주곡〉도 발표했다. 이 시기 그는 당시 음악계를 석권하고 있던 **낭만주의**, 특히 바그너에 대한 비판에 열중했는데, 이런 생각을 바탕으로 작곡한 곡이 바로 말라르메의 상징시에 곡을 입힌 〈목신의 오후에의 전주곡Prelude a l'apres-midi d'un faune〉이다. 이 관현악곡은 1892년에 완성되었고, 2년 후인 1894년 12월 파리의 국민음악협회에서 초연되었다. 이 곡이 가진 개성은 당시 유럽 음악계로서는 큰 충격이었다.

드뷔시의 개성은 바로크 후기 이후 오랫동안 지배해왔던 고전적 조성을 독자적인 음색과 율동 구조를 통해 인상주의 음악으로 이동시켰다는 데 있다. 드뷔시는 미술계에서의 인상주의가 그랬듯이 사물의 사실적 묘사가 아니라 순간적이고 감각적 인상만을 음악으로 표현하려 했다. 따라서 감각을 매우 중시했다. 반면 이제까지 중요시되었던 규칙적인 음계라든가 까다로운 대위법을 형식에 얽매이지 않고 보다 자유롭게 구사했다.

제1차 세계대전 말 독일군의 폭격이 한창이던 파리에서 사망했다.

주요 작품으로는 〈세 개의 녹턴곡집Nocturnes〉, 〈바다La Mer〉, 〈이베리아Iberia〉, 〈베르가마스크Bergamasque〉, 피

아노를 위한 모음곡 〈어린이의 세계Children's Corner〉 등
이 있다.

# 007 낭만주의
Romanticism(浪漫主義)

독일, 프랑스, 영국을 중심으로 나타난 문학·예술 사조. 18세기 후반에서 19세기 초까지 유럽에서 유행했다. 낭만주의는 영국 산업혁명과 프랑스 혁명 등의 영향을 받아 계몽주의나 고전주의로부터의 탈피와 정치적 권위나 사회적 관습의 거부를 꾀하는 움직임이다. 인간의 자유로운 상상과 정서를 강조하며 내면의 자아를 찾는 것을 본질로 하고 있다.

고딕, 바로크, 고전주의가 본래는 미술의 양식개념이었던 것과는 달리 낭만주의는 그 출발부터가 인생의 기본적 태도와 관련된 것이었다. 때문에 과거의 어떤 것을 비판하고 그것을 극복해나가는 과정이 불필요했다. 이런 이유로 건축은 제재상에서 다양해진 것 외에 이렇다 할 양식적 특징을 보이지 않는다.

프랑스 화단에서 낭만주의는 신고전주의에 대한 반발로 나타났다. **들라크루아**와 제리코 등이 인물 중심의 격렬한 감정 표출과 움직임, 그리고 색채의 강조를 특징으로 하는 회화적 양식을 수립했다.

문학사적 측면에서 낭만주의의 시조는 대체로 기성의 전통과 문명에 대해 맹공을 퍼부은 루소로 본다. 독일의 실러, 괴테, 노발리스 등의 작품에서 본격적으로 전개되었다. 괴테의 《젊은 베르테르의 슬픔Die Leiden des jungen Werthers》이 대표작이다.

영국도 18세기 말부터 그레이, 콜린스, 카우퍼, 블레이크에 의해 낭만주의 움직임이 일어났고, 이는 워즈워스, 콜리지, 셸리, 바이런, 키츠, 캠벨, 무어, 스콧, 램, 해즐릿, 드퀸시 등의 작품으로 발전되었다.

한편 프랑스에서는 루소에 이어 스탈Staël 부인 등이 등장, 1820년에 이르러 본격화되었고 그 영향은 1843년까지 지속되었다. 대표 작가로는 라마르틴, 위고, 뮈세, 비니, 고티에, 뒤마 등이 있다.

미국의 경우는 브라운, 쿠퍼, 어빙, 시먼스, 브라이언트, 포, 에머슨, 소로, 호손, 멜빌, 롱펠로, 로웰, 휘트먼 등이 대표 문인이다.

한국에서는 동인지 〈백조白潮〉(1922)를 중심으로 퇴폐와 우울의 병적 낭만주의 경향의 문학이 전개되었으며 시인 박종화, 이상화, 박영희, 홍사용 등의 초기 작품에 나타나고 있다.

낭만주의 대표 작가

1. 존 키츠 John Keats

영국의 시인으로 런던에서 태어났다(1795.10.31~1821.2.23). 소년 시절에 부모를 여의고 기숙학교에 다니며 영국의 시인들과 그리스 · 로마의 신화에 열중했다. 졸업 후 시인이 되고 싶었으나 가정교사 일과 병원 근무로 생계를 이어나가야만 했다. 또 의학공부에 몰두해 5년 만에 의사 시험에 합격, 개업면허증을 받았다. 스물한 살 때였다.

하지만 이듬해 친구들의 도움으로 본격적으로 시를 쓰기 시작해 1817년 처녀시집 《시집詩集》. 다시 이듬해에는 그리스 신화를 바탕으로 이상적인 아름다움을 추구한 장시長詩 〈엔디미온 Endymion〉을 발표했다.

1819년 패니 브라운과 약혼하면서 시에 있어서 비약적인 진보를 보인다. 〈성 아그네스의 전야〉(1820), 〈성 마르코 전야〉, 〈무정한 미인〉, 〈그리스 항아리에 부치는 노래On a Greecian Urn〉, 〈나이팅게일에게To a Nightingale〉(1818), 〈가을에To Autumn〉, 〈하이피리언의 몰락The Fall of Hyperion〉 등이 대부분 이 시기에 쓰였다. 초기 감각에 입각한 색채에 치중한 면을 보였던 키츠의 시는 원숙기에 이르러 인생의 어두운 면에 괴로워하는 휴머니스트 입장의 시로 진보되었다.

그러나 1820년 건강이 악화됨에 따라 이탈리아로 요양을 떠났지만, 결국 몇 달 만에 숨을 거뒀다. 그때 그의 나이 스물다섯 살이었다.

2. 빅토르-마리 위고Victor-Marie Hugo

시인이자 소설가로 프랑스의 국민 작가다(1802.2.26~1885.5.22). 브장송에서 태어났다. 군인이었던 아버지 때문에 코르시카, 이탈리아, 에스파냐 등지로 전전하면서 어린 시절을 보내다가 1814년 기숙학교에 입학했다. 이후 독서와 시작詩作에 매료되어 군인이 되기를 바란 아버지의 뜻을 거부하고 문학에 전념. 1817년 아카데미 프랑세즈의 콩쿠르와 1819년 투르즈의 아카데미 콩쿠르에 시詩를 출품해 입상함으로써 문학가로서의 길을 걷기 시작했다. 또 같은 해에 형 아베르와 함께 낭만주의 운동에 공헌한 평론 잡지 〈

문학의 보수주의자Le Conservateur Littéraire〉를 창간하기도 했다.

1822년 어릴 적 친구였던 아델 푸세와 결혼한 위고는 〈오드 외 기타Odes et poésies diverses〉를 출판했고, 이 외에도 시집 으로는 〈오드와 발라드Odes et ballades〉(1826)와 〈동방시집Les Orientales〉(1829)을, 소설로는 〈아이슬란드의 한Han d'Islande〉 (1823)을, 희곡으로는 〈크롬웰Cromwell〉(1827) 등을 발표했다. 특 히 〈크롬웰〉에 있는 서문에서 위고는 "시간과 장소의 일치는 지나친 구속"이라며 고전주의를 비판했다. 이로써 그는 클럽 '세나클cénacle'을 중심으로 한 낭만주의자들의 사실상 지도자 가 되었다.

초기의 작품에는 왕당파적 · 가톨릭적인 색채가 농후하 나 1830년 7월 혁명 이후의 그의 작품에는 인도주의와 자 유주의의 색채가 짙어졌다. 시 〈가을의 나뭇잎Les Feuilles d' automne〉(1831), 〈빛과 그림자Les Rayons et les ombres〉(1840) 등과 희곡 〈왕은 즐긴다Le Roi s'amuse〉(1832), 〈성주들Les Burgraves〉(1843), 그리고 불후의 걸작으로 꼽히는 〈파리의 노트 르담Notre Dame de Paris〉(1831)이 그러한 작품들이다.

1843년 딸 부부가 불의의 사고로 센 강에서 익사한 후 10년 동안 절필하고 대신 정치에 관심을 쏟았다. 그러나 1848년의 2 월 혁명 이후 공화주의에 입각해 나폴레옹 3세의 제정帝政 수 립을 반대했다가 추방되어 그로부터 19년 동안 지속된 망명길 에 올랐다. 위고는 망명생활 중에 나폴레옹 3세를 비난하는 시집 《징벌Les Châtiments》(1853)과 딸에 대한 추억을 노래한 시집 《정관Les Contemplations》(1856), 인류의 진보를 노래한 서사 《여러 세기의 전설La Légende des siècles》(1859), 장편소설 《레 미제라블 Les Misérables》(1862) 등을 집필했다.

위고가 살던 시기는 대부분 19세기로 사회적으로나 사상적으로 크게 변화를 겪던 시기였다. 그의 작품 역시 보수주의에서 자유주의, 다시 공화주의로 크게 변화했다. 그러나 인류는 끝없이 진보할 것이라는 낙관적 신뢰와 이상주의적 사회 건설에 대한 믿음을 갖고 있었다. 때문에 다른 낭만파 작가들 작품이 감정에 치우쳤던 것과는 달리 그의 작품은 정열적이었으며 웅장했다.

1885년 여든세 살의 나이로 그가 죽자 프랑스에서는 그를 국민적인 대시인으로 추앙, 장례를 국장으로 치렀고 시신을 프랑스의 위인들이 묻혀 있는 팡테옹에 안장했다.

3. 알프레드 드 뮈세Alfred de Musset

낭만파 시인이자 극작가로서 '프랑스의 바이런'이라고도 한다(1810.12.11~1857.5.2). 파리에서 태어났다. 열여덟 살 때 위고가 주도하는 문학 그룹에 참가해 발랄함과 우아함으로 인기를 끌었다. 스무 살

에 대담하고 자유분방한 처녀 시집 《에스파냐와 이탈리아 이야기》(1830)로 문단에 데뷔, 사교계의 총아가 되었다. 그러나 점차 낭만파 동향에 비판적이 되었고, 이내 독자적인 길을 걷기 시작했다. 1830년 이후로는 〈안드레 델 사르토Andrea del Sarto〉, 〈마리안느의 변덕Les Caprices de Marianne〉(1833), 〈사랑은 장난으로 하지 마오On ne Badine pas avec l' Amour〉(1834)와 같은 희곡도 썼다.

1833년 여류 작가 조르주 상드George Sand와 사랑에 빠져 이탈리아로 함께 여행을 떠났으나 이듬해에 헤어지면서 연애의 번뇌와 고통을 작품으로 승화시켜 〈5월의 밤〉, 〈8월의 밤〉, 〈10월의 밤〉, 〈12월의 밤〉 등 네 편으로 된 연작시 〈밤La Nuit〉(1835~1837)을 비롯해 〈비애〉(1840), 〈추억〉(1841) 등의 시를 발표했다. '세기병世紀病'에 대한 진단서이자 유일한 장편소설인 《세기아의 고백La Confession d'un enfant du siècle》도 상드와의 체험을 바탕으로 한 작품이다.

하지만 작품을 쓸 때를 제외하면 뮈세는 방탕한 생활을 일삼았다. 그 때문인지 시인으로서의 재능이 쇠하였는지 서른 살이 넘은 후부터는 이렇다 할 작품을 남기지 못했다. 1852년에 아카데미 프랑세즈 회원이 되었으나 결국 재기하지 못한 채 마흔일곱 살의 나이로 죽고 말았다.

그의 시는 분방한 상상력과 섬세한 감수성으로 항상 신선하며 사랑에 있어 솔직하다는 평을 받았다. 때문에 낭만파 시인 가운데 가장 시인다운 시인이라 불리고 있다.

4. 알렉상드르 뒤마 Alexandre Dumas

19세기 프랑스의 극작가이자 소
설가로 이름이 같은 그의 아들
과 구분하기 위해 대大뒤마, 페
르père(아버지) 뒤마라고 한다
(1802.7.24~1870.12.5). 데파르트망
의 빌레르 코트레에서 태어났다. 나
폴레옹 1세 휘하의 장군이었던 아버지를 어릴 때 잃었기 때문
에 어렵게 살았고, 그로 인해 정규 교육을 받지 못했다. 대신 손
에 잡히는 대로 책을 읽은 것으로 알려져 있다.

1822년 파리로 가 오를레앙공公 밑에서 글 쓰는 것을 직업으
로 하는 필경사筆耕士 일을 했다. 그러는 동안 몇 편의 작품을
썼고, 사극 〈앙리 3세와 그 궁정Henri Ⅲ et sa cour〉(1829)이 성
공을 거두면서 로망극을 이끄는 선구자 역할을 하게 되었다.

1830년 7월 혁명 이후로 로맨틱한 대상과 정열적인 주제를 분
방한 상상력으로 솜씨 있게 구사한 〈앙토니Antony〉(1831), 〈악
의 탑La Tour de Nesle〉(1832) 등을 집필·상연해 큰 인기를 끌
었다. 또한 통쾌한 검사劍士 이야기인 소설 《삼총사Les Trois
mousquetaires》(1844)를 써서 대호평을 받았고, 그것에 힘입어
《20년 후Vingt Ans après》(1845)와 《철가면L'homme au masque

de fer〉(1848)과 같은 후편을 집필했다.

뒤마는 그 후로도 많은 작품을 출판했는데, 작품 수는 무려 250편이 넘는다.

장편 모험소설 《몬테크리스토 백작Le Comte de Monte-Cristo》 (1844~1845)과 같은 작품에서 획기적인 장면 전환, 활기찬 등 장인물의 성격 묘사를 구현해냄으로써 많은 인기를 끌었고, 그로 인해 수입도 많았다. 그러나 호화스런 생활과 여성 편력으로 종종 파산을 하곤 했다. 그러다 1851년 그가 지지했던 시민의 왕 루이 필리프가 반란으로 폐위되고 나폴레옹이 집권함에 따라 추방 당해 러시아로 탈출해야만 했다. 그나마 다행인 것은 러시아에 프랑스어가 널리 통용된다는 것이었다. 때문에 뒤마는 그곳에서도 작품 활동을 계속할 수 있었다. 1861년 3월에는 비토리오 에마누엘레 2세가 이탈리아 왕국의 독립을 선언하자 이탈리아로 건너가 〈인디펜덴테〉지를 발간, 이탈리아의 통일 운동에 앞장섰다.

뒤마는 이탈리아에서 3년을 보낸 뒤 1864년, 추방 당한 지 13년 만에 고국으로 돌아올 수 있었다. 1870년 디에페 근교의 푸이즈에서 사망했고, 2002년 11월 30일에 파리의 팡테옹으로 이장되었다

뒤마의 작품들은 대부분 프랑스 역사를 바탕으로 하고 있는데, 감각적인 줄거리와 풍부한 공상으로 그를 19세기 프랑스의 대중소설가의 위치에 올려놓았다.

5. 너대니얼 호손Nathaniel Hawthorne

미국의 소설가로 매사추세츠 주 세일럼에서 태어났다

(1804.7.4~1864.5.19). 17세기부터

독실한 청교도였던 집안에서 태어
난 그는 어릴 때부터 청교도적 사상
과 생활태도를 익히며 자랐다. 열두
살 때인 1816년부터 3년 동안은 가
족과 함께 산골 레이몬드에서 자연
과 고독을 벗하며 생활했다.

1821년 열일곱 살에 보든 대학에 입학했으나 학업보다는 글을
쓰는 데 열중했던 것으로 알려져 있다. 그 결과 1828년 익명으
로 최초의 소설 《판쇼Fanshawe》를 출판했다. 하지만 뒷날 호손
은 이 작품을 미숙하다며 회수해버렸다. 또 1837년에는 단편
집 《두 번 해준 이야기Twice-Told Tales》를 발표했다. 하지만 2
년 뒤 1839년 경제적 문제를 해결하기 위해 보스턴 세관에 근
무해야만 했다.

이후로도 두 편의 작품을 발표했으나 주목 받지 못하다가
1850년 《주홍 글씨The Scarlet Letter》를 발표하면서 부각되기
시작했다. 《주홍 글씨》는 17세기의 청교도 식민지 보스턴에서
일어난 간통사건과 그와 관련된 사람들을 그린 작품으로 청교
도의 엄격함을 묘사했다. 또한 죄인의 심리 추구, 긴밀한 세부
구성으로 큰 호평을 받았다. 그 결과 《주홍 글씨》는 19세기의

대표적 미국 소설이 되었다.

1851년에는 청교도를 선조로 가진 집안의 자손에게 내려진 저주를 제재로 한 《일곱 박공의 집The House of the seven Gables》을 발표했고, 1852년에는 실험적 공동농장을 소재로 차용해 지상낙원에 모인 사람들의 심리적 갈등을 묘사한 《블라이스데일 로맨스The Blithedale Romance》를 출판했다.

1853년에는 대학 친구 피어스가 대통령에 취임하자 영국의 리버풀 영사領事로 임명되어 유럽으로 갔다가 1857년 사임하고 유럽 각지를 여행했다. 그때 얻은 여행에서의 체험을 1860년 귀국하여 작품으로 옮겨놓기도 했다. 그러나 귀국한 지 4년 후 건강이 악화되었고, 친구이자 대통령이었던 피어스와 요양 차 여행을 떠났다가 플리머드에서 숨을 거두고 말았다.

호손은 작품 전면에 종교를 내세웠다. 그러면서도 도덕적·종교적 죄악에 빠진 사람들, 고독에 사로잡힌 사람들의 내면을 엄밀히 묘사했다. 때문에 그의 작품에는 교훈적 성향이 강하다. 또한 호손은 정교한 상징주의를 표방했기 때문에 19세기의 미국 소설을 이끈 문인으로 평가되고 있다.

008 · 페르디낭 빅토르 외젠 들라크루아

Ferdinand Victor Eugène Delacroix

낭만주의 회화를 창시한 화가(1798.4.26~1863.8.13).

프랑스 생 모리스에서 태어났다. 명문 외교관 집안에서 자라면서 어릴 때부터 명석함과 정열적인 상상력을 발휘했다고 한다. 열여섯 살에 고전파 화가인 게랭에게 그림을 배우기 시작해 1816년에는 국립미술학교École des beaux-arts에 입학, 이때부터 루브르 미술관에 다니면서 루벤스, 베로네세 등 당대 유명한 화가의 그림을 모사했다. 한편 테오도르 제리코Théodore Géricault의 작품에 매료된 들라크루아는 현

실묘사에도 주목, 제리코의 〈메두사호號의 뗏목 Raft of the Meduse〉을 본 후 〈단테의 작은 배La Barque de Dante〉를 완성함으로써 최초의 낭만주의 작품을 세상에 내놓았다.

그의 화풍은 한마디로

'현실에 입각한 고전주의에 대한 도전'이었다. 그는 사실적 묘사에 주안점을 둔 고전주의에서 탈피, 힘찬 율동과 격정적 표현, 빛깔의 명도와 심도의 강렬한 효과 등을 사용했다. 여기에 영국 출신의 화가 J. 컨스터블과 보닝턴, 로런스 등과의 교류가 더해지면서 그의 작품은 한층 더 강렬하게 변모한다. 1832년 모르네 백작을 수반으로 하는 외교사절단 일원으로 모로코를 여행한 이후에는 초기의 외면적인 격렬한 맛이 점차 내면화되기에 이른다.

들라크루아는 문학 · 음악적인 정서도 풍부했던 것으로 알려져 있다. 셰익스피어, 바이런, 괴테 등의 작품을 가까이했고, 음악가 리스트와 여성문학가 상드와도 교류했다. 이런 소양은 오늘날 미술사상 귀중한 문헌으로 높이 평가되고 있는 예술론이나 일기 등을 집필하는 원동력이 되었다.

16세기 베네치아파 화가인 **미켈란젤로**나 고야에게도 영향을 받은 들라크루아는 르누아르와 같은 후기 인상파 화가들에게 직접적인 영향을 끼침으로써 미술사에서 중요한 가교 역할을 했다.

들라크루아는 교회와 공공건축물을 위한 벽화에도 많은 노력을 기울였다. 국회 하원의 '국왕의 방'(1833), 파리 시청의 '평화의 방'(1849~1853, 소실), 루브르 궁전의

〈사르다나팔루스의 죽음Mort de Sardanapale〉(1827)

〈민중을 이끄는 자유의 여신La Libertéguidant le peuple〉(1830)

〈알제의 여인들Femmes d'Alger dans leur appartement〉(1834)

들라크루아의 대표 작품

'아폴로의 방'(1849)의 벽화를 그렸다. 만년에는 동판화 와 석판화 제작에도 뛰어난 솜씨를 보여 《파우스트 석 판화집》(1827), 《햄릿 석판화집》(1843) 등의 걸작을 남겼다.

《파우스트 석판화집》에 실린 작품

미켈란젤로 디 로도비코 부오나로티 시모니

Michelangelo di Lodovico
Buonarroti Simoni

009

이탈리아의 조각가, 건축가(1475.3.6~1564.2.18).

르네상스에서 바로크 초기에 이르기까지 회화, 조각, 건축에서 뛰어난 업적을 남겼다. 이탈리아 북부 피렌체 근방의 카프레세에서 태어났다. 열세 살 때 부모의 반대를 무릅쓰고 당대의 화가 도메니코 기를란다요에게 입문했고, 다음 해에는 조각가 베르톨도 디 조반니에게로 옮겨 수학했다. 이후 메디치가 로렌조의 눈에 들어 그의 궁에 체류하게 되면서 인문학자들과도 접촉했다. 또 고전문학과 신·구약성서를 탐독하는 한편 인체 해부에도 관심을 기울인 결과 〈스칼라의 성모〉와 부조 〈켄타우로스족과 라피타이족의 싸움〉와 같은 작품을 완성시켰다.

〈미켈란젤로의 초상화〉(1557)
다니엘 다 볼테라Daniele da
Volterra 작품

1492년 로렌조 사후 프랑스군이 침입하자 볼로냐로 피난한 그는 야고포 델라 퀘르치아로부터 조각을 배워 1496년에 로마에서

〈바쿠스Bacchus〉를 제작했고, 1499년에는 〈피에타Pieta〉를, 1504년에는 피렌체에서 **〈다비드〉** 대리석상을 완성했다. 또 피렌체 시청의 의뢰를 받아 〈카시나의 전투〉을 그렸는데, 그 때문에 바로 건너편 벽면에 〈앙기아리의 전투〉를 그리게 되어 있던 레오나르도 다 빈치와 묘한 경쟁 구조를 갖기도 한다.

1508년 교황 율리우스 2세에게 시스티나 대성당의 천장화를 위촉받고 제작에 착수, 재정적인 문제와 교황과의 충돌 등 여러 가지 악재 속에서도 구약성서를 〈천지 창조〉, 〈인간의 타락〉, 〈노아 이야기〉 등 3장 9화면으로 표현해냈다. 1534년 메디치가의 새 주인인 알렉산드로와 반목하여 피렌체를 떠나 로마로 갈 때까지 그의 작품 활동은 끊이지 않고 이어졌다.

로마로 옮긴 후 미켈란젤로는 새 교황 바오로 3세에게 의뢰를 받고 시스티나 성당 안쪽에 〈최후의 심판〉을 그리기 시작, 6년 후인 1541년에 완성했다. 이 작품의 구도와 동적 표현은 고전 양식이 해체되고 격정적인 바로크 양식으로 이동하고 있음을 보여준다. 그때 그의 나이 예순여섯 살이었다. 이후에도 그의 작품 활동은 계속되어 파올리나 성당의 〈바울로의 개종〉과 〈베드로의 책형磔刑〉을 그렸고 캄피돌리오 광장을 설계했으며 파라초 파르네제의 건축에 참여했다.

여든 아홉의 나이로 세상을 떠난 미켈란젤로는 메디치가나 교황의 끝없는 봉사 요구 속에서도 자유와 정의를 추구했는데, 이런 심경은 그가 남긴 편지와 시에 잘 나타나 있다.

바티칸 산 피에트로 대성당의
〈피에타Pieta〉

피에트로 성당의 〈모세Moses〉

시스티나 대성당의 천장화

다비드
David

미켈란젤로의 대리석 조각 작품(1501~1504).

1501년 피렌체 대성당의 지도자들로부터 조각 의뢰를 받은 미켈란젤로가 이를 수락하면서 작업이 시작되었다. 그때 이미 대성당의 작업장에는 피렌체파의 조각가였던 아고스티노 디 두초Agostino di Duccio가 예언자상을 제작하기 위해 마련했다가 결이 좋지 않아 사용하지 않은 거대한 대리석이 방치되어 있었다.

다비드다윗는 거인 장수 골리앗을 돌팔매로 쓰러뜨렸다는 구약성서의 소년 영웅이다. 때문에 이전에 제작된 다비드 상들은 보통 손에 칼을 쥔 채 골리앗의 머리를 밟고 있는 젊은이로 묘사되었다. 하지만 스물여섯 살의 미켈란젤로는 사상적으로나 형태적으로나 이전의 것들과 차별화된 조각상을 만들기로 결심, 나체의 청년상으로 가닥을 잡는다. 그리고 단단한 근육과 왼쪽을 바라보고 있는 노기 띤 얼굴, 그리고 마치 다음 행동을 준비하는 듯 왼발을 약간 움직인 청년, 즉 정적인 듯하면서도 실제로는 동적인 자세를 취하고 있는 청년의 모습으로 구체화했다.

　〈다비드〉 상은 3년 만인 1504년에 완성되었다. 조각상이 완성될 무렵 조각상의 설치 장소에 관한 토론회가 시 당국의 주관으로 개최될 정도로 〈다비드〉 상은 피렌체 시의 관심을 받았다. 결국 높이 5.49미터나 되는 〈다비드〉 상은 피렌체의 상징물로서 시청 문 앞에 놓였다. 하지만 오늘날에는 보존상의 이유로 피렌체에 있는 갤러리아 델 아카데미아 건물 내부로 옮겨 전시하고 있다.

피렌체 대성당
Duomo di Firenze

이탈리아 피렌체에 있는 대성당.

정식 명칭은 '산타 마리아 델 피오레Santa Maria del Fiore(꽃의 성모)'대성당이다. 아르노 강의 북쪽, 피렌체 시 중앙부에 자리 잡고 있다. 최초의 설계자는 아르놀포 디 캄비오Arnolfo di Cambio였으나 그가 완성을 못 보고 사망함에 따라 **피사노**, 조토, 프란체스코탈렌티 등 르네상스를 대표하는 예술가들이 공사에 참여했다.

지금 피렌체 대성당이 있는 자리에는 원래 900년의 역사를 자랑하던 산타 레파라타 성당이 있었다. 그런데 오랜 역사가 말해주듯 성당 곳곳이 붕괴하고 있었다. 또한 규모가 작아서 인구가 급증한 만큼 늘어난 신자들을 다 수용할 수도 없었다. 여기에 피사와 시에나에 대규모 성당이 새로 지어지고 있다는 사실이 피렌체 지도자들을 자극했다. 결국 피렌체에 파견된 첫 교황 사절이었던 발레리아나 추기경에 의해 1296년 9월 9일 공사가 시작되었고, 공사는 170여 년간 계속되었다.

로마 십자가 형태의 바실리카 양식으로 지어진 피렌

체 대성당은 높이가 153미터, 폭이 38미터에서 90미터
에 이른다. 또 측랑에서 아치까지의 높이는 23미터, 바
닥에서 돔 위 랜턴돔 위에서 빛을 받아들이는 작은 첨탑의 열린
부분까지의 높이는 90미터에 이른다. 또 고딕적인 실내
는 광대하기 이를 데 없다.

성당 내부에는 예술의 도시라는 명칭에 어울릴 만큼
많은 조각과 회화가 보존되어 있었다. 카스타뇨 등의 프
레스코 벽화, 미켈란젤로의 〈피에타〉 등이 대표작이다.
그러나 오늘날에는 일부 분실된 것을 제외하면 대부분
박물관으로 옮겨 보존하고 있다.

피렌체 대성당 전경

기베르티가 제작한 피렌체 대성당의
〈천국의 문Porta del Paradiso〉

바실리카 양식의 돔 내부

012 안드레아 피사노
Andrea Pisano

르네상스 시기의 조각가, 건축가(1290?~1348?).

본명은 안드레아 다 폰테데라Andrea da Pontedera로 피렌체 대성당 종탑 건설에 참여했다. 출생지에 대해서는 명확히 알려진 바 없으나 피사를 중심으로 주로 토스카나 지방에서 활약한 것으로 미루어 이탈리아 피사에서 태어났다는 설이 가장 유력하다. 조반니 피사노Giovanni Pisano의 제자로 조토가 죽은 후 피렌체 대성당의 공사주임이 되었다. 특히 그는 종탑 외벽 하부 부조를 완성시켰는데, 밑그림은 조토가 그린 것으로 알려져 있다.

자연관찰을 기반으로 한 사실주의적 제작 태도는 **고대부흥**의 선구자로서 초기 르네상스를 이끄는 데 큰 공헌을 했다. 또 아르노르포, 도너트, 라포 등의 제자를 길러 피사파의 기초를 구축했다.

주요 작품으로는 세례자 성 요한의 삶을 주제로 한 피렌체 세례당의 청동문, 피사 세례당의 설교단, 시에나 대성당의 설교단(1268), 페루자의 분수 조각(1277~1280) 등이 있다.

피렌체 세례당의 청동문

청동문의 부분 확대

고대부흥

013

Antique Revival(古代復興)

고전고대의 미술을 모범으로 하는 미술사조의 하나.

서양 미술사에서 **고전고대**古典古代의 미술을 모범으로 해 각 국가, 각 민족마다 저마다의 미술을 만들어낸 현상을 말한다. 고전고대로 돌아가자는 운동이라 할 수 있는 르네상스 때 활발하게 전개되었다.

중세 초기의 카롤링거 왕조 미술, 중기 비잔틴의 마케도니아 왕조 미술, 코므네노스 왕조의 미술 등이 이에 속하며, 이들은 각각 중세 미술 발전에 큰 영향을 주었다.

**카롤링조 미술의 하나인
〈그랑발 성서〉의 삽화**
제25장째의 뒷면

고대부흥은 근세 절대왕정 치하에서는 신고전주의라는 이름으로 전개되었다. 이는 제국의 왕립미술원아카데미를 중심으로 전개되었는데, 고대 그리스 미술을 전형으로 삼아 미술의 순화를 추구했다. 훗날 공화정共和政의 진보성을 인정, 고대의 정치에 주목하게 되면서 프랑스 혁명과 나폴레옹 시대의 미술을 주도했다.

알프스를 넘는 나폴레옹은 다비드의 그림처럼 당당했을까?

1800년 나폴레옹은 알프스를 넘어 북이탈리아로 쳐들어가 승리를 거뒀다. 이에 나폴레옹은 자크 루이 다비드를 불러 이를 기념하기 위한 그림을 그리게 하는데, 자신의 모습을 에스파냐의 국왕 카를로스 4세의 초상화처럼 그려달라고 했다. 그러면서도 정작 다비드가 모델을 해달라고 했을 때는 상상에 맡긴다며 거절했다. 결국 다비드는 자신의 제자를 모델로 세워 그림을 그렸다. 그렇게 해서 완성된 그림이 〈알프스를 넘는 나폴레옹〉이다.

이 그림에서 나폴레옹은 백마를 탄 당당한 황제의 모습을 하고 있다. 그러나 실제로 나폴레옹이 알프스를 넘을 때 탄 동물은 백마가 아니라 당나귀였다. 말로는 험한 산길을 넘을 수 없기 때문이었다. 또한 병사들이 모두 알프스를 넘어간 후 안내자의 인솔에 따라 조촐하게 알프스를 넘었다.

결국 다비드의 〈알프스를 넘는 나폴레옹〉은 역사적 사실을 근거로 한 역사화라기보다는 나폴레옹의 업적을 부각시키기 위한 정치 홍보화였던 것이다.

〈알프스를 넘는 나폴레옹Le Premier Consul franchissant les Alpes〉

014 고전고대
Classical Antiquity(古典古代)

고대 그리스 · 로마시대의 총칭.

미케네 문명에서부터 로마제국이 쇠퇴할 때까지의 약 2천 년간을 말한다. 지역적으로는 그리스 · 로마의 도시를 중심으로 하고, 동쪽의 **헬레니즘** 세계와 서유럽 지역까지를 포함한다.

고전고대라는 용어는 같은 시기에 융성한 다른 고대 문화와 구별하기 위해, 그리고 유럽 문화의 기반이자 모범이라는 의미로 '고전Classical'이라 부른 데에서 출발한다.

고전고대는 이집트 문명이나 메소포타미아 문명 같은 고대 오리엔트 문화의 영향을 받아 성립했고, 이후에는 알렉산드로스 제국과 로마제국에 의해 역으로 오리엔트 세계로 진출했다. 그들의 문명은 철기에 의한 문화였고, 고대 그리스어와 라틴어에 의한 문화였다.

서로마제국의 멸망과 함께 종식된 고전고대의 문화적 유산은 동로마제국에 의해 계승되었고, 8세기 이후는 아라비아어로 번역되어 이슬람 세계로까지 진출했

61

다. 그리고 르네상스에 이르러 다시 서구로 역수입되었
다. 이후 고전고대는 오늘날까지 유럽 문화의 기반을 이
루게 되었다.

한편 서양사에서 고전고대와 중세Middle Ages(4~13세
기 또는 5~14세기) 사이의 전이기간으로서 고대 후기Late
Antiquity(2~8세기)를 두기도 한다.

오리엔트 세계로 진출한 알렉산드로스 대왕

015 헬레니즘
Hellenism

알렉산드로스 사후 동방에까지 전파된 그리스 문명.

헬레니즘이라는 말의 기원은 1863년 독일의 역사가 요한 드로이젠Johann Gustav Droysen의 저서 《헬레니즘사史》에 있다.

헬레니즘을 보는 시각은 다양하지만 대체로 고전 고고학이나 미술사에서는 알렉산드로스가 죽은 기원전 323년부터 악티움 전쟁이 일어난 기원전 31년까지의 약 300년간을 말한다. 이 시기 그리스 문화는 인더스 강 유역에까지 파급되었다. 따라서 헬레니즘은 그리스 문화와 오리엔트 문화의 조화와 융합으로 탄생한 새로운 문화로 보는 것이 타당하다.

헬레니즘의 중심에는 알렉산드로스 사후, 그의 후계자라 할 수 있는 셀레우코스 왕조의 수도 안티오키아와 프톨레마이오스의 수도 알렉산드리아가 있었다.

이 시기 건축은 풍경을 지배하고 장대함을 과시하는 것을 목적으로 했다. 따라서 불규칙한 지형을 여러 단의 테라스로 정비, 질서를 부여한 다음에 구조물을 세웠다.

모자이크도 이 시기부터 나타난다. 그중에도 폼페이에서 출토된 〈알렉산드로스의 모자이크〉는 극적인 주제, 격한 움직임, 명암의 효과, 원근법에 의한 거리 표현 등 헬레니즘 회화의 특징을 가장 잘 나타내고 있다. 대표적인 건축물로는 로도스 섬에 있는 아테나의 성역, 코스 섬에 있는 아스클레피오스 성역 등이 있다.

한편 헬레니즘 미술은 신과의 거리가 생긴 대신 지배자의 권력 과시용이나 단순 감상용으로 제작되었다. 특히 조각 분야에서 뛰어난 작품을 많이 남겼는데, 리시포스, 에우티크라테스, 다이포스, 보에다스, 에우티키데스 등의 예술가들이 주도했다. 에너지가 넘치는 조각상 〈갈리아인과 그의 처〉가 대표적인 작품이다.

또한 헬레니즘 조각의 업적은 많은 인물들의 조각상 및 두상을 남겼다는 데 있다. 이러한 예술적 경향은 후기에 와서 **고전주의**적 풍조, 원래 그리스 문화로 돌아가

로도스 섬의 아테나 성역

는 풍조로 이어져 키레네의 〈비너스〉와 같은 작품을 낳았다.

그러나 3차에 걸친 포에니 전쟁과 악티움 전쟁으로 지중해를 장악했던 카르

타고와 이집트의 프톨레마이오스 왕조가 무너짐에 따라
헬레니즘 세계는 붕괴했다. 그러나 후기 헬레니즘 미술
의 고전주의적 경향은 공화정 말기와 초기 제정 로마의
미술로 이어졌다.

〈갈리아인과 그의 처〉

밀로의 〈비너스〉
초기 헬레니즘

키레네의 〈비너스〉
후기 헬레니즘

# 016 고전주의
Classicism(古典主義)

고대 그리스 · 로마 때의 작품으로 돌아가자는 사조.

르네상스 초기에 시작되었다. 중세에 대한 반발로 싹트기 시작한 고전주의의 어원은 고대 로마의 최고계급을 뜻하는 클라시쿠스classicus다. 신학에 종속되고 지배되었던 중세 철학에서 탈피, 고전 작품을 모범으로 삼자는 주의로 문학, 음악, 건축, 미술 등 넓은 영역에 큰 영향을 끼쳤다.

그래서 고전주의는 이성理性을 귀하게 여기고, 합리성을 추구하며 질서를 존중했다. 또한 자연스러운 것, 일상적인 것을 추구했다. 이는 다시 말하면 형식과 내용의 조화, 이성과 감정과의 조화를 근간으로 하면서 개개의 사물보다 보편적인 것, 영구적인 것에 관심을 두었다는 의미다. 한마디로 고전주의의 특징은 조화 · 질서 · 균형의 미라고 할 수 있다. 이러한 경향은 르네상스 운동의 이성을 존중하는 경향과 잘 부합되었다.

기원전 5세기의 페이디아스와 폴리클레이토스를 시작으로 르네상스 때의 레오나르도 다 빈치, 라파엘로,

초기 미켈란젤로, 그리고 17세기 후반의 푸생, 로랑, 망사르 등에 의해 발전되었다. 또 문학에 있어서는 17세기 프랑스 희곡에 의해 유럽 전역에 파급되었다.

18세기 중엽 이후에는 문학 외에도 하이든과 **모차르트**로 대표되는 고전주의 음악과 앵그르로 대표되는 프랑스 고전주의 미술이 있었다. 이들은 모두 통일성과 이론성을 주장하며 발전했다. 그러나 점차 형식에 있어서 규제가 심해짐에 따라 19세기부터는 보다 자유로운 정서인 낭만주의가 대두되었다.

프랑스의 콩피에뉴 궁전
고전주의 양식의 대표 건축물

프랑스 고전주의 대표 극작가

1. 장 바티스트 라신 Jean-Baptiste Racine

프랑스의 작가로 샹파뉴 지방의 라 페르테밀롱에서 태어났다 (1639.12.22~1699.4.21). 코르네유, 몰리에르와 함께 고전극 3대 작가 중 한 사람이다. 어릴 때 부모를 잃고 조부모 밑에서 자랐으나 열네 살 때 조부모마저 사망함에 따라 수녀인 고모가 있던 포르 루아얄 데샹 수도원으로 갔다.

기술학교와 수도원 부속 소학원을 다녔지만 1656년 학원이 해산된 후에는 수도원 근처에 살면서 그리스 고전에 몰두하는 등 문학에 심취해 지냈다. 열아홉 살인 1658년 파리로 가 1년 간 철학을 수강했는데, 이때 우화작가인 장 드 라퐁텐Jean de La Fontaine 등과 친교를 맺으면서 시작詩作을 시작, 1660년에는 루이 14세의 결혼 축하시 〈센 강의 님프La nymphe de la Seine〉를 써서 국왕으로부터 상금을 받기도 했다.

이후 극작에 도전했으나 상연되지도 못하자 1661년 사제직을 얻겠다면서 백부가 부사제로 있는 유제스로 갔다. 이내 문학에 대한 열정을 거두지 못하고 1663년 파리로 돌아와 극작에 몰두했다. 연애비극 〈알렉산드르Alexandre〉의 성공으로 본격적으로 극작가로서의 길을 걷기 시작한다.

1667년에는 인간의 숙명으로서의 연애 정념과 그로 인해 파멸하는 인간상을 묘사한 〈앙드로마크Andromaque〉를, 1668년에는 유일한 희극 〈소송광訴訟狂들Les Plaideurs〉을 상연했다. 그 외에도 〈브리타니퀴스Britannicus〉(1669), 〈베레니스Bérénice〉, 〈이피제니Iphigénie〉(1674)를 연이어 발표, 성공을 거뒀다.

그러나 1677년 〈페드르Phèdre〉를 마지막으로 극작을 그만두고 만다. 그때 그의 나이 서른여덟 살이었다. 이후 라신은 결혼과 함께 일체의 작품 활동을 중지한 채 조용한 생활을 보내다가 1699년 파리에서 병사했다.

라신의 작품은 숙명에 저항하지만 자유를 관철하지 못한 채 격렬한 정념에 의해 파멸되어가는 인간의 내면적 갈등을 극적 긴장도 중심으로 이끌다가 정점에서 단숨에 위기로 몰고 가는 특징이 있다. 또한 간결하고 정선된 단어의 배열, 유려한 운문, 내용과 표현의 일치 등에 있어서 높이 평가되고 있다.

2. 몰리에르Molière

프랑스의 극작가이자 배우로 파리에서 태어났다

(1622.1.15~1673.2.17). 당대 최고의 희극배우이자 프랑스 연극사상 최대의 희극작가다. 본명은 장 밥티스트 포클랭Jean Baptiste Poquelin이다.

궁정 장식가인 아버지 덕에 유복했지만 일찍 모친을 잃었다. 당시 파리 최고의 클레르몽 학교에서 중등교육을 받았고, 에피쿠로스 철학에 동조하는 가상디Gassendi의 영향을 받았다. 법률로 입신하라는 부친의 뜻에 따라 법학을 전공. 1640년 오를레앙에서 법학사의 자격을 받았다.

그러나 이후 부친의 반대에도 불구하고 연극계에 투신. 1643년 극단 '일뤼스트르 테아트르l'Illustre Théâtre'를 결성해 처녀 공연을 열지만 파리 상연에 실패하면서 빚에 쫓기게 되었다. 이후 리옹 등 프랑스 남부를 약 12년 동안 돌며 순회공연을 했다. 이시기부터 몰리에르라는 예명을 사용했다. 1645년 공연을 다니면서 이탈리아 희극을 배워 극작을 시작했다.

몰리에르가 본격적으로 극작을 한 것은 1653년 무렵부터로 추정된다. 이후 이탈리아 번안 희극 두 작품을 상연해 명성을 얻었고, 1658년에는 파리에서, 그것도 루이 14세 앞에서 공연하게 되었다. 또한 왕으로부터 왕실 소유의 프티 부르봉 극장 사용을 허락받게까지 되었다.

〈우스꽝스러운 재녀才女들Les Précieuses ridicules〉(1659), 〈남편학

교L'École des maris〉(1661), 〈여인학교L'École des femmes〉(1662) 등이 잇달아 성공하면서 큰 명성을 얻었다. 1664년에는 베르사유 왕궁의 향연 때 〈타르튀프Tartuff〉를 상연했지만 위선자를 풍자한 내용으로 교회 신자들의 노여움을 산 탓에 시중에서의 공연은 중지당하고 만다. 또한 대신 상연한 〈동 쥐앙Dom Juan〉(1665) 역시 루이 14세의 뜻에 의해 15회 공연을 끝으로 철수해야만 했다. 1666년 훗날 몰리에르 최고의 걸작이라 일컬어지게 되는 〈인간 혐오자Le Misanthrope〉가 실패했지만 1669년 마침내 시민 공개가 허락된 〈타르튀프〉로 인해 큰 인기를 끌었다.

쉰한 살이 된 몰리에르는 1673년 2월 〈상상으로 앓는 환자Le Malade imaginaire〉를 상연하던 중 쓰러졌고, 자택으로 옮겨 휴식을 취하던 중 그날 밤 갑자기 숨을 거두고 말았다. 연극배우를 성지에 매장하는 것을 허락하지 않았던 관례에도 불구하고 루이 14세의 허락 하에 정상적인 장례식을 치르는 특혜를 누렸다. 몰리에르 작품의 의의는 당시 사회에서 볼 수 있는 어느 특정 폐단을 집약한 상징적인 인물을 등장시켜 극을 끌고 가는 성격 희극을 완성시켰다는 데 있다. 〈수전노L'Avare〉(1668), 〈타르튀프〉, 〈동 쥐앙〉 등이 대표적인 작품이다. 몰리에르는 이를 통해 17세기 프랑스 상류사회에 파고든 가짜 신앙, 귀족들의 퇴폐상, 경박한 사교생활 등을 비판적으로 그려냈던 것이다. 한마디로 그의 작품은 가벼운 풍속극이 아니라 인간을 도덕적으로 고찰한 함축적 희극이었다.

몰리에르가 죽은 뒤 그의 극단은 다른 극단과 합병. 1680년 국왕의 명에 따라 '코메디 프랑세즈Comédie Française'가 되었다. 오늘날 프랑스의 국립극장 코메디 프랑세즈가 '몰리에르의 집'으로 불리는 것은 바로 이 때문이다.

프랑스 국립극장 코메디 프랑세즈

3. 존 드라이든John Dryden

영국의 시인, 극작가, 비평가로서 노샘프턴셔의 청교도 집안에서 태어났다(1631.8.19～1700.5.1). 왕정복고기에 활동한 사람으로 케임브리지 대학에서 수학했다.

크롬웰의 공화정치를 지지했지만 1660년 찰스 2세에 의한 왕정복고가 되자 국교회國敎會를 신봉, 궁정과 관계를 맺었다. 제임스 2세가 즉위했을 때에는 로마 가톨릭으로 개종했다. 그 때문에 지배자에 맞춰 개종했다는 비난을 받았다. 또 1688년 명예혁명 때 충성을 서약하지 않았다는 이유로 1670년 계관시인桂冠詩人의 지위를 박탈당하기도 한다.

시詩에 있어서 초기에는 네덜란드와의 해전과 런던 대화재를 제재로 한 서사시 〈경이驚異의 해Annus Mirabilis〉(1667) 등으로 주목을 받았다. 그리고 후기에는 대구시형對句詩型을 사용한 정치 풍자시를 썼다. 그중 구약성서에 나오는 인물을 빗대어서 왕에게 적대하는 사람들을 사정없이 공격한 〈압살롬과 아히도벨Absalom and Achitophel〉(1681)은 뚜렷한 인물묘사로 풍자를 더욱 통렬히 표현했다는 호평을 받았다.

극작에도 참여해 27편을 남겼는데, 찰스 2세의 취미를 반영한 사교희극과 영웅의 비극을 제재로 한 영웅비극으로 크게 나뉜다. 사교희극으로는 〈현대의 결혼Marriage A-la-Mode〉(1672)이, 영웅비극으로는 안토니우스와 클레오파트라의 비극을 다룬 〈지상의 사랑All for Love〉(1677)이 대표작이다.

존 드라이든의 의의는 무엇보다도 비평에 있다. 그는 고전파의 테두리 안에서 대담한 구상과 설득력 있는 문장으로 고전과 당대문학, 외국문학과 영국문학을 비교해 셰익스피어, 초서, 밀턴 등이 얼마나 뛰어났는지를 역설했다. 특히 셰익스피어에 대한 비평은 이후 100년 동안 셰익스피어 비평의 기초가 되었다. 그런 이유로 영국 문학사에는 그를 '영국 비평의 아버지'라고 부르고 있다.

계관시인의 지위가 박탈된 후 고전 번역 등으로 불우하게 만년을 보냈지만, 그가 비평가로서 영국 작가의 명예를 지키는 것을 사명이라 여긴 국가적 문인이었다는 데에는 이견이 없다.

4. 고트홀트 에프라임 레싱 Gotthold Ephraim Lessing

 독일의 극작가이자 비평가로서 작센 주 그리스도교 목사의 아들로 태어났다(1729.1.22~1781.2.15). 고향에서 주는 장학금을 받고 라이프치히 대학 신학과에 들어갔지만, 이후 연극에 빠지게 되었다.

1748년 베를린에서 저널리스트로 사회생활을 시작했으나, 1755년에는 독일 최초로 정통 비극에 시민생활을 도입한 〈미스 사라 삼프슨 Miss Sara Sampson〉을 발표해 주목을 끌었고 1759년에는 동인들과 문예비평지를 창간해 연극비평으로 민중과는 별 인연이 없이 궁정 주변에 기생하는 문화에 대해 가차 없는 비판을 가했다. 또한 프랑스 고전극에 대한 맹신을 타파하고, 그리스 비극을 새로운 시각에서 재평가하는 동시에 셰익스피어극의 평가에 새로운 국면을 개척했다.

끊임없는 작품 활동에도 경제적 상황이 어려워짐에 따라 1760년에는 군인이 되어 프로이센군 사령관의 비서로 일해야만 했다. 그러나 이 시기에도 잡지의 편집·발행·번역·번안·비평·소개로 바쁜 나날을 보냈다. 특히 1760년 디드로의 이론과 작품을 소개하여 커다란 반향을 불러일으키기도 했다.

1766년 함부르크에 창립된 국민극장의 고문으로 취임해 기관지에 평론을 실었는데, 이때 게재된 평론은 《함부르크 연극론 Hamburgische Dramaturgie》으로 출간되어 독일 근대극 발전에 큰 공헌을 했다. 1770년에는 브라운슈바이크공국의 도서관장에 취임했다.

레싱은 1776년에 결혼하지만 1년여 만에 사별하고, 그 후 3년간을 심리적으로 불우한 나날을 보냈다. 이 시기 그는 정통 그리스도교의 목사와 열렬한 논쟁을 벌이는 등 관용의 정신과 양심의 자유를 확립하기 위해 노력했다. 그 결과 《현인 나탄 Nathan der Weise》(1779) 등의 작품이 탄생되었다.

레싱의 생애는 부단한 사상투쟁의 연속이라 할 수 있다. 그러나 독일의 계몽사상가 중 확고부동한 확신과 명석한 지성을 소유한 최고의 문인이었고, 독일 근대 시민정신의 기수였다.

그 외의 대표작으로는 예술평론집인 《라오콘 Laokoon》(1766)이 있다.

볼프강 아마데우스 모차르트

Wolfgang Amadeus Mozart

017

고전주의 대표 음악가(1756.1.27~1791.12.5).

오스트리아 잘츠부르크에서 태어났다. 정식 세례명은 '요하네스 크리소스토무스 볼프강구스 테오필루스 모차르트Johannes Chrysostomus Wolfgangus Theophilus Mozart'다. 잘츠부르크 궁정 음악가인 레오폴트 모차르트와 안나 마리아 모차르트의 일곱 번째이자 마지막 아들로 태어났다. 그러나 위로 다섯이 모두 죽고 바로 위의 누나 마리아 안나 모차르트와만 성장한다.

〈모차르트의 가족〉
(좌측부터 아버지, 모차르트, 마리아 안나), 카르몽텔 작

76

아버지 레오폴트의 일기에 의하면 모차르트는 다섯 살 때 미뉴에트와 트리오를 30분 만에 다 익힐 정도로 음악적 재능을 보였다. 때문에 모차르트는 여섯 살 때부터 연주 여행을 다니면서 돈을 벌어야 했다. 이런 연주 여행은 그가 성장한 후에도 지속되었다. 자유가 없는 생활을 계속했던 것이다. 그러나 연주 여행 동안 모차르트는 많은 음악가들과 만나 음악적으로 성숙되었는데, 그 중에서도 1764년 런던에서 만난 요한 제바스티안 바흐로부터는 1년 동안 교향곡 작곡법을 배우기도 했다. 한편 모차르트는 1787년 자신을 찾아온 청년 베토벤에게서 재능을 발견하고 교육비도 받지 않은 채 그를 교육시키기도 한다. 하지만 베토벤이 어머니의 사망으로 빈을 떠나게 되면서 두 사람의 인연은 끝이 나고 만다.

당대 예술가들은 후원자 없이 활동하는 것이 불가능했다. 모차르트도 후원자가 있었는데, 첫 번째 후원자는 음악애호가였던 지기스문트 백작이었다. 하지만 그가 사망한 후 모차르트는 헨델 이후 자립을 감행한 최초의 작곡가가 되었다. 몇 년 후 황제 요제프 2세가 모차르트를 궁정 작곡가에 임명함으로써 두 번째 후원자를 얻었다. 이 시기 모차르트는 〈후궁으로부터의 탈출〉이란 곡을 작곡해 성공을 거뒀고, 콘스탄체를 만나 사랑에 빠졌다. 결국 그는 아버지의 반대를 물리치고 1782년 8월 4

일에 결혼식을 올렸다.

모차르트는 명성에 걸맞게 많은 돈을 벌었다. 하지만 그는 항상 빚쟁이에 시달려야만 했다. 당구, 옷, 여행 등에 많은 지출을 했기 때문이었다.

모차르트는 세계시민과 인도주의적 우애를 목적으로 하는 비밀결사 단체인 프리메이슨 단원으로 활동하면서 그 단체의 정신을 노래, 칸타타, 장례 음악 등으로 승화시켰다. 그 대표적인 작품이 민속적 오페라 〈마술피리 Die Zauberflöte〉(1789)다.

1791년 여름, 모차르트는 이름을 밝히지 않은 방문객에게 **레퀴엠**의 작곡을 의뢰 받았다. 의뢰자는 발제크 백작으로 아내의 죽음을 애도하기 위해 작곡을 의뢰한 것이었다. 일설에는 당대 모차르트와 라이벌 관계였다고 알려진 살리에리가 죽어가는 모차르트의 정신을 해치기 위해 일부러 의뢰했다고도 하지만 이는 그야말로 소문일 뿐 증거는 없다. 실제로도 모차르트는 심한 류머티즘 열 때문에 죽었다. 1791년 12월 5일 자리에 누운 지 보름 만에 세상을 떠난 것이다. 그의 나이 그때 서른다섯 살이었다.

모차르트의 시신은 화려한 장례가 엄격히 금지된 빈의 장례 절차에 따라 간소하게 성 마르크스 묘지에 안장되었다. 지금 우리가 그의 묘지를 찾을 수 없는 것은 성

마르크스 묘지가 더 많은 묘지를 수용하기 위해 이장을 거듭했기 때문이다.

모차르트는 다작을 했다. 약 27곡의 오페라, 약 67곡의 교향곡, 약 31곡의 행진곡, 약 45곡의 관현악용 무곡, 약 42곡의 피아노 협주곡, 약 12곡의 바이올린 협주곡 외에도 독주곡, 교회용 성악곡, 칸타타, 미사곡, 춤곡 등 다양한 장르의 곡을 무려 600여 작품이나 작곡, 고전음악을 완성시켰다.

주요 작품으로는 〈주피터 교향곡〉, 〈피가로의 결혼〉, 〈돈 지오반니〉, 〈마술피리〉, 최후의 작품인 〈레퀴엠〉 등이 있다.

모차르트의 친필 서명

모차르트의 친필 편지

모차르트의 〈마술피리〉

〈마술피리〉의 내용은 독일의 서사 시인 빌란트의 동화집 《지니스탄Dschinnistan》을 기초로 하고 있다. 이것을 쉬카네더Emanuel Schikaneder가 대본으로 만들었고, 여기에 모차르트가 곡을 입혔다. 모차르트의 〈마술피리〉는 이탈리아어를 이해하지 못하는 독일의 일반 청중들을 위한 독일어 대사가 곁들어 있는 서정적인 오페라. 징슈필Singspiel 형식을 취하고 있다.

총 2막으로 구성되어 있다. 1791년 3월부터 작곡해 9월 30일에 완성했다. 〈마적〉이라고도 한다.

〈마술피리〉의 줄거리

빛의 세계를 관장하는 대사제 자라스트로는 '밤의 여왕'의 딸 파미나를 납치해 여왕의 영향으로부터 보호하려 한다. 그러나 이 일은 여왕의 분노를 사고, 여왕은 왕자 타미노에게 파미나의 초상화를 보여주고 "그녀가 악마 같은 자라스트로에게 납치되었으니 구해달라"고 부탁한다. 이에 타미노는 여왕으로부터 맹수도 잠재울 수 있는 '마술피리'를 건네받고 자라스트로의 세계로 여행을 떠난다. 하지만 타미노는 여왕의 말과는 다른 자라스트로의 모습과 인품에 감명 받고, 자라스트로가 내놓은 시련을 이겨낸 후 파미나와 맺어진다.

이에 여왕은 몰래 딸 파미나를 찾아와 자라스트로를 죽이라며 단도를 건네주지만 파미나는 이를 거부하고, 결국 여왕은 자라스트로의 세계를 무너뜨리기 위해 총공격을 감행한다. 그러나 여왕의 공격은 실패로 끝나고 여왕과 어둠의 세계는 멸망하고 만다.

〈마술피리〉의 내용을 주제로 한 조각요판(1795)

레퀴엠
Requiem

죽은 이를 위해 드리는 미사에 쓰는 음악.

정식 명칭은 '죽은 이를 위한 미사곡'이다. 'Requiem' 은 라틴어로 '안식'이라는 의미를 가지고 있다. 가사의 첫마디가 "Requiem aeternam dona eis Domine그들에게 영원한 안식을 주소서"인 데에서 유래되었다. 진혼곡, 또는 진혼미사곡 등으로 번역되어 쓰인다.

레퀴엠 이전 가톨릭교회에서는 단선율로 진행되는 **그 레고리오 성가**가 불리고 있었다. 그런데 15세기에 이르러 다성부로 된 레퀴엠이 나타났다. 이후 1600년부터는 독창, 합창, 관현악으로 이루어진 대규모의 작품도 만들어졌다. 그 후 점차 연주회용으로 자리 잡았다.

모차르트, 케르비니, 베를리오즈, 베르디, 포레 등의 작품이 유명하다. 브람스의 〈독일레퀴엠〉, 브리튼의 〈전쟁레퀴엠〉 들처럼 종교와 관련 없이 연주회용으로 작곡된 레퀴엠도 있다.

특히 모차르트의 〈레퀴엠〉은 미완성임에도 불구하고 명작으로 꼽히는데, 모차르트가 직접 작곡한 부분은 제

1곡 인트로이투스 전부, 제2곡 키리에부터 오페르토리움까지의 노래 성부, 베이스와 관현악부의 주요 음형까지였다.

미완으로 끝난 모차르트의 〈레퀴엠〉은 요제프 아이블러, 모차르트의 제자였던 쥐스마이어Franz Xaver Süssmayr의 손을 거쳐 완성되었다.

모차르트의 〈레퀴엠〉 악보

다양한 음악의 형식들

1. 징슈필Singspiel

독일어로 노래하는 오페라의 총칭.

J. 힐러가 작곡한 〈사냥〉(1770)에 의해 형식이 완성되었으나 그 기원은 1743년에 영국의 발라드 오페라 〈악마의 복수〉가 독일 어로 번역된 것에서 찾을 수 있다. 이탈리아어로 된 오페라를 이 해할 수 없었던 일반 대중들 중심으로 크게 성공을 거뒀다. 징슈 필은 독일 북부와 남부에서 각각의 특성을 가지고 발전했다.

북부의 징슈필은 일반 오페라와는 달리 전원적 · 서정적 · 공상 적 희극에 민요 같은 단순한 멜로디를 특징으로 한다. 밴다가 작곡한 '멜로드라마 형식'의 〈낙소스의 아리아드네〉는 베토벤의 〈피델리오〉나 베버의 〈마탄의 사수〉 등에 영향을 주었다.

남부의 징슈필은 1778년 요제프 2세의 명에 의해 국민극장에 서 상연되었는데, 디터스돌프의 〈의사와 약사〉가 대표적인 작 품이라 할 수 있다.

징슈필의 전통은 모차르트의 〈후궁에서의 유괴〉나 〈마술피리〉 등으로 이어졌다.

2. 칸타타 Cantata

바로크 시대의 중요한 성악곡.

기악 연주를 목적으로 작곡된 소나타에 반해 성악으로 연주되는 작품을 지칭하는 용어다. 오늘날에는 성악과 기악을 위한 음악작품을 포괄적으로 지칭한다. 칸타타라는 용어는 이탈리아의 작곡가 알레산드로 그란디가 〈독창을 위한 칸타타와 아리아 Cantade et arie a voce sola〉에서 최초로 사용했다. 칸타타의 가사는 주로 연속적인 서술의 형태를 가지고 있으며, 전곡이 독창만으로 된 것도 있고, 합창만으로 된 것도 있다.

가사의 내용에 따라 세속 칸타타실내 칸타타와 교회 칸타타로 나뉘는데, 교회 칸타타는 예배용 음악으로 17세기 말부터 18세기에 걸쳐 독일에서 발달했고, 교회 이외의 목적으로 쓰인 세속 칸타타는 17세기 초 이탈리아에서 탄생되어 발전했다.

칸타타는 여러 작곡가들에 의해 작곡되었는데, 그중에서도 요한 제바스티안 바흐는 200곡이 넘는 교회 칸타타 외에도 20여 곡의 세속 칸타타를 작곡했다.

3. 소나타 Sonata

1600년 전후에 성립된 기악곡 또는 그 형식.

어원은 '악기를 연주하다'라는 의미를 가진 이탈리아어의 동사 소나레sonare다. 곡명으로는 1561년에 출판된 고르차니의 〈류트를 위한 소나타〉에서 최초로 사용되었다.

소나타는 극히 다양한 형식의 악곡에 쓰였지만 오늘날에는 '기악을 위한 독주곡 또는 실내악곡'을 말한다.

오늘날 일반적인 소타나의 악장 구성은 1악장 빠름Allegro(알레그로), 2악장 느림Andante(안단테), 3악장 빠름Rondo(론도)으로 하는 3악장의 구성과 여기에 1악장 빠름, 2악장 느림, 3악장 미뉴에트Minuet나 스케르초Scherzo, 4악장 빠름Allegro(알레그로)으로 하는 4악장의 구성을 가지고 있다. 그 외에도 2악장 구성의 작품도 있다.

20세기의 소나타는 작가에 따라 다채로운 구성과 형식으로 작곡되어지고 있다.

4. 소나티네Sonatine

규모가 작은 소나타.

소나타 형식의 규모가 전체적으로 축소된 것을 말한다. 규모가 작아진 만큼 소나티네는 내용에 있어 보다 단순 명쾌하고 기술적으로도 용이하다. 때문에 음악에 입문하는 학생들을 위한 작품이 많다. 그러나 모리스 라벨Maurice Ravel의 〈소나티네〉(1905)처럼 규모는 작지만 내용과 기교적인 면에 있어서 심오한 작품도 있다.

그레고리오 성가

019

Gregorian chant

로마 가톨릭교회에서 존중되는 전례성가.

그리스도교 이전 유대교 성가에서 시작되었고, 여기에 동방 교회의 성가와 유럽의 성가 등이 혼합되어 기초가 완성되었다. 교황 그레고리오 1세의 명에 의해 통일·집대성되어 오늘날과 같은 형태를 갖추게 되었다. 명칭을 '그레고리오'라고 칭한 것도 이 때문이다.

교회와 종교의 시대였던 중세의 대표적인 음악이었지만 중세 후기부터 차츰 쇠퇴하여 그레고리오 성가의 정통 창법마저 상실되었다. 그러나 19세기 말 성가부흥운동을 주도했던 프랑스의 솔렘 수도원에 의해 솔렘식式 창법이 완성되면서 그것을 정통으로 인정했다. 악보는 전통적으로 네우마neuma라는 독특한 기보법이 사용되고 있다.

가사는 원칙적으로 라틴어를 사용하고, 내용은 로마 가톨릭교회의 전례와 불가분의 관계에 있다. 또 용도에 따라 성가집도 다양해서 미사를 위한 성가를 모은 《그라두알레Graduale》, 성무일과를 위한 《안티포날레

Antiphonale》외에도 이들 성가집에서 중요한 성가 약 2천 500곡을 발췌한 《리베르 우주알리스Liber Usualis》도 있다.

그레고리오 성가는 교회음악으로서만 존재해왔던 것은 아니다. 18~19세기에 작곡된 작품에 일부 그레고리오 성가가 사용되기도 했는데, 바흐의 미사곡 〈b단조〉, **베를리오즈**의 교향곡 〈환상〉 등이 그렇다. 또 오늘날에 남아 있는 성가 중에는 20세기에 작곡된 것도 있다.

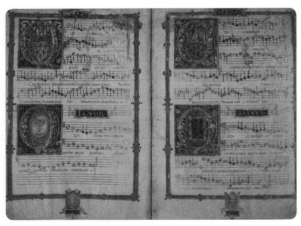

네우마 악보

## 020

루이 엑토르 베를리오즈
Louis Hector Berlioz

후기 낭만주의 음악가(1803.12.11~1869.3.8).

프랑스 출신으로서는 유일하게 교향곡을 작곡했다. '표제음악'이라는 새로운 관현악곡 스타일을 창시한 것을 계기로 후대에 관현악계의 혁명가로 불렸다.

프랑스에서 태어났다. 열두 살에 플루트와 클라리넷을 연주하고, 작곡도 이때부터 했다. 열일곱 살 때 아버지의 뜻에 따라 의학 공부를 시작했으나 끝내 마음을 잡지 못하다가 스물세 살이 되었을 때 허락을 받고 파리 음악원에 입학, 비로소 정식으로 음악 교육을 받았다. 1829년 작곡한 가곡 〈클레오파트라〉로 1830년 로마대상에서 1등상을 수상함으로써 이탈리아에 유학할 수 있는 자격을 얻었다. 그해 파리를 방문했던 영국 **셰익스피어** 극단의 여배우 해리엇 스미슨에 대한 짝사랑의 감정을 바탕으로 교향곡 〈환상Fantastique〉을 작곡하기도 했다. 또한 베를리오즈의 천재성을 인정한 바이올린의 귀재 파가니니Paganini는 2만 프랑이라는 거금을 주고 그에게 작곡을 의뢰, 〈이탈리아 해럴드Harold en Italie〉를 탄생

시켰다.

베를리오즈는 정작 프랑스에서는 이단자異端者 취급을 받았다. 프랑스 음악계가 다른 데보다 보수적이고 완고했기 때문이었다. 그러나 독일을 비롯한 유럽에서는 열광적으로 환영을 받았다. 그는 이런 성공을 바탕으로 평론을 써서 보수적인 프랑스 음악계에 정면으로 도전했고, 그 결과 베를리오즈가 죽은 후 프랑스 음악계도 그의 능력을 인정하게 되었다.

1850년 이후 프랑스에서 활동 기반을 잃은 베를리오즈는 '필하모닉협회'를 결성, 1년여 동안 유럽 전역으로 연주 여행을 다니기도 했다. 1856년에는 프랑스 아카데미 회원으로 선출됨으로써 생활에 안정을 찾게 되었다. 1867~1868년의 러시아 연주회를 마지막으로 연주 여행을 끝낸 베를리오즈는 다음 해인 1869년 파리에서 지병으로 숨을 거뒀다.

베를리오즈는 음악뿐 아니라 문장도 뛰어나서 바그너와 더불어 당대의 명문장가로 명성이 높았다. 그가 쓴 《회상록Mèmories》은 음악가가 쓴 전기문학 분야에서 걸작으로 꼽힌다. 또한 《근대의 악기법과 관현악법》(1844)은 후대 음악이 발전하는 데 큰 공헌을 했다.

베를리오즈의 대표작으로는 교향곡 〈환상〉(1830), 〈이탈리아의 해럴드Harold en Italie〉(1834), 〈레퀴엠Requiem〉(1837), 관현악곡 〈벤베누토첼리니Benvenuto Cellini〉(1838) 들이 있다.

베를리오즈의 친필

## 021

윌리엄 셰익스피어
William Shakespeare

영국의 시인 겸 극작가(1564.?.?~1616.4.23).

잉글랜드 중부 스트랫퍼드 어폰 에이번에서 태어났다. 4월 26일은 그가 유아세례를 받은 날로 그에 대한 최초의 기록이다. 셰익스피어의 아버지 존은 피혁가공업과 중농中農을 겸한 부유한 상인이었다. 게다가 읍장까지 지낸 유지였다. 또한 그의 고향에는 훌륭한 초·중급학교가 있었다. 따라서 셰익스피어는 풍족한 재력을 바탕으로 라틴어 중심의 기본적인 고전교육을 받을 수 있었다.

1577년경부터 가세가 기울면서 학업을 중단했고, 이후 고향을 떠나 런던으로 왔지만 시기는 확실치 않다. 다만, 극작가인 R. 그린이 그에 대해 질투어린 비판을 한 것으로 미루어 1592년에 그는 이미 유수한 극작가 중 한 명이었다는 사실만은 확실한 듯하다.

셰익스피어의 초상 중 하나

엘리자베스 1세 여왕 치세였던 1590년대의 연극은 민중적 · 토착적 전통이 고도로 세련되어 있던 때였다. 특히 르네상스 문화가 유입됨으로써 새로운 민족적 형식과 내용의 드라마를 창출해내는 등 많은 발전을 이루고 있었다. 그러나 1592년부터 2년간 흑사병이 창궐함에 따라 극장 등이 폐쇄되면서 런던의 극단이 전면적으로 개편되었는데, 이는 신진극작가였던 셰익스피어에게 기회로 작용했다. 당시 극계를 양분했던 '궁내부장관宮內府長官 극단'의 전속극작가 겸 조연급 배우로 활동하게 된 것이다.

셰익스피어는 극작가로서 1590년에서 1613년까지 대략 24년간을 왕성하게 활동, 모두 37편의 작품을 발표했다. 그의 작품 경향은 영국사기英國史記를 중심으로 한 역사극, 낭만희극, 비극, 로맨스극 순으로 진행되었다.

서른다섯 살이었던 1599년에는 글로브 극장The Globe을 신축하고, 제임스 1세의 허락 하에 극단 이름을 '왕의 극단King's Men'이라 개칭하는 행운도 얻었지만, 그의 극장은 1613년 그의 마지막 작품인 〈헨리 8세〉를 상연하던 중에 일어난 화재로 소실되고 말았다.

셰익스피어는 1616년 쉰두 살의 나이로 고향에서 숨을 거뒀다. 지금도 그의 묘비에는 다음과 같은 시가 새겨져 있다.

여기 덮인 흙을 파헤치지 마시오.

이 돌을 건드리지 않는 사람에게는 축복이

이 뼈를 옮기는 자에게는 저주가 있으리라.

가족으로는 열여덟 살 때 결혼한 연상의 앤 해서웨이
와 1583년에 태어난 딸, 1585년에 태어난 이란성쌍둥
이가 있다.

작품으로는 〈햄릿〉, 〈맥베스〉, 〈오셀로〉, 〈로미오와
줄리엣〉, 〈베니스의 상인〉 등 희·비극을 포함한 37편
의 희곡과 여러 권의 시집 및 소네트집이 있다.

한편 **라파엘전파** 화가인 존 에버렛 밀레이John Everett
Millais는 그의 희곡 〈햄릿〉에 영감을 받아 〈오필리아〉(1852)
라는 작품을 그리기도 했다. 그 외에도 스위스 화가 하인
리히 푸젤리, 영국의 화가 윌리엄 블레이크 및 존 윌리
엄 워터하우스, 영국의 판화가 존 보이텔 등이 셰익스피
어의 작품들을 미술 작품으로 옮기는 작업을 했다.

《셰익스피어 소네트》 1609년판 표지

셰익스피어의 생가

셰익스피어의 무덤

## 022

라파엘전파

Pre-Raphaelite Brotherhood

19세기 중엽 영국에서 일어난 예술 운동의 하나.

영국 화단의 감상적 예술과 고전고대나 미켈란젤로 등의 단순한 모방을 비판, **라파엘로** 이전처럼 돌아가 자연에서 겸허하게 배우는 예술을 표방하자는 운동으로 윌리엄 홀먼 헌트, 존 에버렛 밀레이, 단테이 게이브리얼 로세티 등 영국 왕립 아카데미에 다니던 젊은 화가들이 주축이 되어 1848년에 결성되었다.

라파엘전파 화가들은 작품에 의미를 가진 주제를 선명하게 묘사했다. 또한 작품에 서명과 함께 'PRB'라는 이니셜을 넣는 특징이 있었다. 또한 이들은 〈맹아萌芽〉라는 기관지를 발행해 운동의 영역을 미술뿐만 아니라 시 분야에까지 확대했다.

이러한 라파엘전파의 활동은 미술 평론가인 존 러스킨J.Ruskin의 옹호 속에 한때 영국 화단을 주름잡았다.

그러나 점자 애초와는 달리 불명확한 주장, 주제의 통속적인 해석, 번거로운 묘사법 등을 추구하는 방향으로 진행되다가 1854년부터 공동전시를 하지 않고 개별적으로 활동함으로써 사실상 해체되었다.

라파엘전파의 활동은 10여 년이 채 되지 않았지만 그들의 화풍은 1850년대와 1860년대 초반에 여러 분야에 영향을 끼쳤다.

1768년에 세워져 라파엘전파 화가들을 배출한 영국 왕립 아카데미

라파엘전파 3대 화가의 작품들

1. 단테이 게이브리얼 로세티 Dante Gabriel Rossetti

(1828.5.12~1882.4.9)

〈일곱 성의 선율 The Tune of the Seven Towers〉(1857)

〈크리스마스 캐럴A Christmas Carol〉(1857)

〈실험실The Laboratory〉(1849)

〈트로이의 헬렌Helen of Troy〉(1863)

2. 존 에버렛 밀레이 John Everett Millais

(1829.6.8~1896)

〈사이먼과 이피게니아Cymon and Iphigenia〉(1848)

〈신부들러리Bridesmaid〉(1851)

〈오필리아Ophelia〉(1852)

〈눈먼 소녀Blind Girl〉(1856)

3. 윌리엄 홀먼 헌트 William Holman Hunt

(1827.4.2~1910.9.7)

〈속죄양The Scapegoat〉(1854)

〈죽음의 그림자Shadow of Death〉(1870~1873)

〈유아들의 개선The Triumph of the Innocents〉(1883~1884)

〈샬롯의 아가씨The Lady of Shalott〉(1889~1892)

## 023

산치오 라파엘로

Sanzio Raffaello

이탈리아의 화가, 건축가(1483.4.6~1520.4.6).

다 빈치, 미켈란젤로와 함께 이탈리아 르네상스의 3대 거장 중 한 명이다. 이탈리아 움브리아 우르비노에서 태어났다. 궁정 화가의 아들로 태어났지만 어릴 때 어머니를, 열한 살 때 아버지마저 여의고 사제司祭인 숙부 밑에서 자랐다.

그에게 있어 최초의 그림 스승은 아버지였다. 아버지가 세상을 떠난 후 비테에게 배우다가 피에트로 페루지노의 그림공방에 들어가 본격적으로 도제 수업을 받았다. 1504년 피렌체에서 바르톨로메오의 장대한 화면구성과 레오나르도 다 빈치의 명암법에 영향을 받았고, 이를 바탕으로 피렌체파派 화풍의 기틀을 잡았다. 따라서 이 시기 그의 작품에는 다 빈치나 미켈란젤로 등 거장의 기법이 보이는데, 그대로의 모방이 아니라 자신만의 것으로 소화, 선의 조화와 고요한 인물 태도, 청순한 용모 등에 있어서 독자성을 표현해냈다.

1508년 로마로 갔고, 1509년 로마교황 율리우스 2세

라파엘로의 자화상

를 위해 바티칸 궁전 내부의 벽화를 그렸다. 또 로마의 고대유적과 고전 연구에 힘을 기울이는 한편 교황 측근으로부터 제작 의뢰를 받아 〈어느 추기경의 초상〉, 〈토마소 잉기라미의 초상〉, 〈폴리뇨의 성모〉와 같은 걸작을 남겼다. 은행가 아고스티노 키지의 의뢰로 〈갈라테아의 승리〉를 그리기도 했다. 이 시기 베네치아파 화가 세바스티아노 델 피온보Sebastiano del Piombo와 교류하게 되면서 빛과 그늘을 단순하게 표현하여 대치시킨 명암효과를 선보이기 시작한다.

1510년이 넘어서부터는 건축에도 손을 대기 시작해 1514년 성베드로 대성당 건조에 후임을 맡았고, 1514년에서 1517년까지 바티칸 궁전의 스탄차 델 인첸디오의 벽화 장식에도 참여했다. 1515년부터는 고대유적 발굴의 감독관으로도 일했다. 그러나 종교개혁 운동이 일어나면서부터 그의 화풍에 이전의 부드러운 리듬이 사라지고 만다.

라파엘로는 궁전화가로서 많은 제자들을 거느린 화려한 삶을 살다가 1520년 **〈그리스도의 변용〉**의 완성을 보지 못한 채 숨을 거뒀다. 그때 그의 나이 서른일곱 살이었다. 하지만 그의 화풍은 19세기 전반까지 고전적 규범으로 존중되었다.

〈갈라테아의 승리La ninfa Galatea〉

〈폴리뇨의 성모Madonna di Foligno〉

〈아테네 학당Die Schule von Athen〉

## 024

그리스도의 변용
La Trasfigurazione

라파엘로의 유작.

1518년에 시작해 1520년 죽기 직전까지 그렸던 작품이다. 결국 그림의 완성은 그의 제자 로마노에 의해 이루어졌다.

원래 '변용Transfiguration(變容)'이란 그리스도교 미술 주제의 하나다.《신약성서》〈마태 복음〉 17장을 보면 베드로, 야곱, 요한의 세 사도를 데리고 높은 산이스라엘 북부의 타보르 산에 오른 그리스도가 광휘光輝의 모습으로 변하고, 모세와 엘리야가 나타나 이야기를 나누던 중 갑자기 구름 속에서 하나님의 말소리가 들려오자 놀란 사도들이 땅에 엎드렸다는 내용이 있다. 이는 그리스도의 신성이 현현된 장면으로 교의와 전례典禮에서 중요한 의미를 가진다.

라파엘로의 〈그리스도의 변용〉 역시 이전의 그림들과 마찬가지로 성서의 내용에 충실하다. 상단에는 그리스도와 모세와 엘리야가, 가운데에는 놀라고 있는 사도들이, 하단에는 갈등과 혼돈을 겪고 있는 세상 사람들이 묘사되어 있다. 즉, 밝고 평화로운 천상의 신비스러운 광휘와 지상의 어지러운 소란을 대비시켜 자유분방한 동적 표현을 시도하고 있는 것이다. 이는 르네상스 미술의 고전 양식을 해체하고 **바로크** 미술의 시작을 예고하는 것이기도 했다.

오늘날 라파엘로의 〈그리스도의 변용〉은 로마 바티칸 미술관에 소장되어 있다.

〈그리스도의 변용La Trasfigurazione〉

라파엘로 이전의 〈그리스도의 변용〉
두초 디 부오닌세냐Duccio di Buoninsegna 작품
조반니 벨리니Giovanni Bellini 작품
로렌조 로토Lorenzo Lotto 작품

025 바로크
Baroque

가톨릭 국가에서 발전한 미술 양식.

17세기 초부터 18세기 전반에 걸쳐 유행했다. 바로크는 고전주의를 표방한 양식으로 르네상스 뒤에 나타났다. 본래 이 말은 '비뚤어진', '기묘한'이란 의미로 모멸적인 뉘앙스가 내포되어 있었다. 19세기 중엽 독일 미술사가들을 중심으로 이러한 부정적 평가가 제거되기는 했지만, 그때까지도 르네상스 고전주의의 퇴폐현상으로 바로크를 보는 견해가 지배적이었다. 하지만 20세기에 들어와서는 독일의 미술사가 H. 뵐플린에 의해 그 견해조차 부정되었다. 뵐플렌은 바로크를 르네상스와는 완전히 이질적인 양식이며, 양자는 근대 미술에서의 2대 정점을 형성했다고 규정했다.

바로크는 16세기 미켈란젤로 말년의 작품이나 틴토레토의 회화에서도 엿보이는데 **마니에리스모**와 공존하면서 16세기 말엽 로마에 등장해 유럽은 물론이고 라틴 아메리카에까지 확대되었다.

바로크 양식은 건축에서는 거대한 양식, 곡선의 활

용, 자유롭고 유연한 접합부분 등을, 조각에서는 동적인 자태와 다양한 복장 표현 등을, 회화에서는 대각선적인 구도, 원근법, 단축법, 눈속임 효과의 활용 등을 특징으로 한다.

18세기에 들어와서도 바로크는 로코코 미술 속에서 명맥을 유지했다. 오늘날에 있어서 바로크의 의미는 좁은 의미의 미술 양식에서 벗어나 넓은 뜻의 문화 양식으로서 다른 시대와 장르에도 확대 적용되고 있다.

바로크 양식의 대표적인 작품으로는 나폴리의 카세르테 궁宮, 베네치아의 산타마리아 델라 살루테 성당 등의 건축물과 베르니니가 제작한 산피에트로 대성당 고해단告解壇의 유물궤遺物櫃, 나보나 광장의 분수 등의 조각품들이 있다.

또 바로크 회화의 대표적 화가로는 이탈리아의 모르베르슈와 벨기에의 루벤스 등을 꼽을 수 있다.

산타마리아 델라 살루테 성당

나보나 광장의 분수

마니에리스모
Manierismo

르네상스 양식과 바로크 양식 사이에 유행한 미술 양식.

마니에리스모란 용어는 이탈리아어로 '수법', '형型', '작품' 등을 뜻하는 '마니에라maniera'에서 기인하는데, 본래는 독창성 없이 기성의 수법을 능숙하게 끼워 넣는 사람을 뜻했다. 그러나 미술사에서는 르네상스 양식으로부터 바로크 양식으로 이행하던 과도기에 유행한 특정의 미술 양식을 지칭한다.

마니에리스모는 전 유럽에서 다양하게 진행되었지만 주로 르네상스 미술 운동에 주도적 역할을 해온 이탈리아에 의해 행해졌다.

이 양식을 추구한 대표적인 예술가로는 회화에서는 폰토르모, 로소, 브론치노, 바사리, 줄리오 로마노, 틴토레토 등, 조각에서는 첼리니, 다니엘 다

〈페르세우스〉
벤베누토 첼리니Benvenuto Cellini 작품

보르넬라, 장볼로냐 등, 건축에서는 파라티오, 비토리아, 비뇰라 등을 꼽을 수 있다.

마니에리스모 경향의 예술가들은 신新플라톤주의 이론을 전제로 선인들의 기법을 답습해 자기의 머릿속에서 구축한 미의 이념을 의도적으로 표현하고자 노력했다. 이러한 태도는 작품에서 구성의 냉담성, 부자연스러운 동작, 극단적인 장식, 철저한 절충주의 등으로 나타났다. 따라서 현실의 삶과 자연을 적극적으로 긍정하고 직시하는 **르네상스** 정신과는 극히 대적적인 양상을 보인다.

자신의 머릿속에 구축한 미의 실현이라는 독특한 주지주의에 근거한 마니에리스모는 오늘날 반反르네상스 현상으로서 재평가되고 있다.

〈안드로메다〉
조르조 바사리Giorgio Vasari 작품

〈비너스와 마르스의 목욕〉

줄리오 로마노Giulio Romano 작품

제스 성당 내부

자코모 비뇰라Giacomo Vignola 작품

027 르네상스
Renaissance

14세기부터 16세기 사이에 일어난 문예부흥 운동.

과학의 토대가 세워짐에 따라 중세를 근대와 잇는 교두보 역할을 했다. 본래 르네상스란 말의 뜻은 '재탄생'이다. 여기에는 고대 그리스와 로마 문명이 낳은 고전 텍스트의 재발견이라는 의미와 중세를 거치면서 암울해진 유럽 문화에 생기를 부여한다는 의미가 있다. 일반적으로 후자의 의미로 사용하고 있다. 르네상스는 그 시작은 불분명하지만 문화, 예술 전반에 걸쳐 진행되었다.

전통적인 관점에서 보면 르네상스는 15세기 이탈리아 르네상스가 중심이 되어 전 유럽으로 확산되었다. 이 시기 이탈리아는 아랍 지역의 지식을 흡수하면서 경험적이고 현세 지향적인 태도를 가지게 되었으며, 인쇄술의 발달로 지식 확산의 토양을 확보하고 있었다. 그런 배경 아래 이탈리아는 예술에서 새로운 기법과 실험을 시도하는 한편 다방면에 걸쳐 변화를 시도함으로써 문화에 일대 발전을 꾀할 수 있었다.

한편 마르크스주의 역사가들은 르네상스를 미술, 문학, 철학 분야에 일어난 유사혁명으로 취급한다. 이는 르네상스가 일부 부유층에 한한 변혁이었다는 데 근거를 두고 있다. 그도 그럴 것이 지주에 의한 착취, 종교 전쟁, 마녀사냥 등으로 대중은 사회적·종교적으로 여전히 고통 받고 있었기 때문이다. 때문에 오늘날의 많은 학자들은 중세의 암흑기를 끝낸 황금시대가 아니라 일부 지배계층 내에 지적·이념적 변화가 있었던 시기로 르네상스를 보고 있다.

그러나 르네상스가 이탈리아에서 시작되었다는 것에는 이견이 없는 듯하다. 이탈리아는 지리적 이점을 이용해 이슬람 세계 및 비잔틴 세계와 서유럽의 가교 역할을 해왔는데, 십자군 전쟁을 거치면서 점차 도시들이 자치 도시의 성격을 띠게 되었다. 여기에 13세기 말 경제 성장을 바탕으로 특유의 시민문화가 형성되면서 과거 로마의 정치와 문화에 관심을 가지게 되었고, 결국 르네상스를 출현시키게 된다.

초기 르네상스의 대표적 인물로는 《신곡》을 쓴 단테를 비롯해 로마제국의 재생을 부르짖었던 인문주의자 페트라르카, 고대 스타일로 시공간을 다뤘던 화가 **지오토**, 로마법 연구에 체계를 세운 바르톨루스가 있다. 1348년의 흑사병이 이탈리아를 휩쓸면서 잠시 주춤했던 르네상스는 15세기에 이르러 꽃을 피웠다.

르네상스가 활발히 전개되었던 지역은 이탈리아 중에서도 피렌체, 밀라노, 로마, 베네치아를 꼽을 수 있다. 예술가들에 대해 후원을 아끼지 않았던 가문으로는 피렌체의 메디치 가문, 밀라노의 스포르차 가문 등이 유명하다. 15세기 로마 교황이 추진한 성 베드로 대성당의 건축(1515)은 다 빈치를 비롯한 많은 예술가들을 로마로 모이게 하는 계기가 되기도 했다.

르네상스는 130년간 지속되다가 1530년 즈음에 쇠퇴하고 만다. 1492년 콜럼버스가 아메리카 항로를 발견한 것을 기점으로 이탈리아 경제가 추락한 것과 1517년 마르틴 루터의 종교개혁으로 교회에 자금이 부족하게 된 것이 원인이었다. 즉, 르네상스는 위의 두 원인으로 인해 문화에 투자할 자금을 확보할 수 없게 되면서 쇠퇴하게 된 것이다.

르네상스가 철학적, 문학적, 예술적으로 크게 발전한 시기인 것은 분명하지만 사회적으로는 흑사병으로 죽어가는 사람들과 종교적으로 학대 받는 과학이 있고, 유럽인의 자존심이었던 비잔티움 제국이 멸망한 암울한 시기였다는 것도 부정할 수 없는 사실이다. 또한 종교개혁에서 비롯된 교회의 분열은 이탈리아를 소국으로 갈라지게 만들었고, 이는 이탈리아의 통일을 방해하는 원인이 되었다. 결국 이탈리아는 정치 · 사회적으로 근대화가 지연되는 부작용을 끌어안게 되었다.

〈앙기아리 전투Battaglia d'Anghiari〉
레오나르도 다 빈치 작품

〈카시나의 전투Battaglia di Cascina〉
미켈란젤로 작품

028 지오토 디 본도네
Giotto di Bondone

피렌체 출신의 화가, 건축가, 조각가(1266?~1337.1.8).

정신성과 현실성과의 종합으로 고딕 회화를 완성한 이탈리아 미술의 창시자다. 피렌체 근교의 콜레 디 베스피냐노에서 태어났다. 중세 이탈리아 피렌체 화파의 시조라 일컬어지는 치마부에Cimabue가 시골에 갔다가 우연히 바위에 그림을 그리는 열 살가량의 소년에게서 재능을 발견하고 제자로 삼았는데, 그가 바로 지오토였다는 이야기가 전하고 있다. 후에 비잔틴주의의 극복을 시도했던 피에트로 카발리니Pietro Cavallini 등 로마파의 화풍도 이어받았다.

피렌체를 중심으로 이탈리아 전역을 여행하며 작품 활동을 이어나간 지오토는 이전의 그 어떤 예술가도 누리지 못했던 부와 명예를 얻었다. 땅을 구입해 대지주가 되었고, 양모 직조기를 대여하는 사업도 했다. 지오토는 이러한 부를 바탕으로 제자들을 양성, 후대 화가들에게 직접적으로 영향을 주었다.

1290년대에는 산프란체스코 성당 상원上院의 신 · 구약성서를 주제로 한 벽화 일부를 담당했고, 1304년에서 1306년에는 스크로베니 예배당의 연작 벽화를 통해 삼차원적 공간과 극적 인간상을 구현함으로써 종래의 비잔틴 양식을 탈피하는 획기적 양식을 확립했다. 그 후 피렌체 오니산티 성당의 〈장엄한 성모〉, 페루치가 예배당의 연작 벽화 〈성 프란체스코전〉과 〈요한전〉를 통해 중세 회화가 나아가야 할 길을 제시하는 한편 르네상스를 예고했다.

지오토는 만년에 주로 나폴리와 밀라노에서 일하다가 1334년 피렌체의 산타 마리아 델 피오레 대성당과 성벽의 주임 건축가로 임명되어 종탑 건조에 착수했으나 일을 마치지 못하고 사망했다.

지오토의 명성은 당대에 이미 대단했다. 동시대를 산 시인 단테는 《신곡》〈연옥편〉 제11가에서 그를 치마부에에 버금가는 인물로 찬양했고, **보카치오**는 자신의 저작 《데카메론》에서 지오토가 몇 백 년 묻혀 있던 미술을 되살려냈으며 사람의 눈이 속을 정도로 사실적으로 자연을 묘사했다고 찬양했다. 또 조각가 기베르티는 그를 '에투아리아에서 가장 탁월한 화가'라 칭송했고, 레오나르도 다 빈치 역시 그의 자연 묘사에 대해 칭송했다.

대표적인 작품으로는 스크로베니 예배당의 벽화 〈마리아와 그리스도의 이야기〉와 〈최후의 심판〉 등의 연작

벽화와 피렌체 오니산티 성당에 그린 제단화 〈장엄한
성모〉 등을 꼽을 수 있다.

지오토 디 본도네는 스승 치마부에의 비잔틴주의를
극복했고, 로마 화파의 화풍을 발전시켰으며, 그림에 있
어서 종교적 관점에서 벗어나 인간성과 종교성을 융합
한 표현을 이룩했다. 또한 주제를 부각시키기 위해 주변
을 단순화하고 화면을 인물과 공간이 유기적으로 연관
된 무대로 구성했으며, 조형적으로 형태화되고 입체적
인 움직임을 보이는 인물상을 추구했다. 이로써 그는 미
술사에 새 장을 열었고, 그로 인해 서양 회화 예술의 아
버지로 불리고 있다.

오니산티 성당의 〈장엄한 성모〉

스크로베니 예배당의 〈최후의 심판〉

스크로베니 예배당의 〈통곡〉

조반니 보카치오

Giovanni Boccaccio

029

중세 이탈리아의 소설가(1313~1375.12.21).

프랑스 파리에서 피렌체의 상인이자 은행가였던 아버지의 사생아로 태어났다. 그의 어머니는 파리에 머물던 공주라는 설도 있으나 확실치는 않다. 유년 시절 스승의 영향으로 단테에 심취, 평생에 걸쳐 단테를 존경해서 《단테전Vita di Dante》(1364)을 집필했고, 만년에는 피렌체의 교회에서 《신곡》에 대한 강의도 했다.

청년 보카치오는 1325년에서 1328년까지 상업을 배우기 위해 나폴리의 왕가王家 로베르토의 궁정에서 생활하면서 화려하고 방종한 향락 생활을 직접 경험했다. 그런데 1340년 로베르토 왕의 재원이었던 바르디 은행이 파산함에 따라 피렌체로 돌아올 수밖에 없었다. 그 후 1348년 피렌체에 흑사병이 퍼지고 많은 주민들이 죽어가자 보카치오는 나폴리에서 경험한 향락적인 귀족의 삶과 흑사병이 창궐하는 시대적 배경을 근간으로 《데카메론Decameron》을 저술, 5년에 걸쳐 작품을 완성시켰다.

《데카메론》은 당시 문단의 냉담한 평가를 받았지만,

일반 민중으로부터는 폭발적인 인기를 모았다. 바르디 은행의 지점을 통해 이탈리아를 벗어나 유럽으로 전파되었을 뿐만 아니라 서민들 사이에까지 보급되어 거리의 변사들에게 가장 인기 있는 이야기 주제가 되었다. 당시에는 인쇄술이 발명되기 이전이었고, 종이도 귀해서 필사본을 구하기도 어려웠던 것을 감안하면 실로 대단한 인기가 아닐 수 없었다. 또한 《데카메론》에 사용된 문체는 '보카치오식 산문'이라는 이름을 얻고 오래도록 이탈리아 산문의 표본이 되었다. 또 단테의 《신곡》이 신의 세계를 다룬 반면 보카치오의 《데카메론》은 세속적인 인간 세계를 다뤘다는 의미로 '인곡人曲'이라 부르기도 한다.

보카치오는 《데카메론》 외에도 연애소설 《필로콜로》·《피아메타》, 여성을 비난한 《코르바치오》, 운문소설 《필로스트라토》·《피에졸레의 요정》, 라틴어 논문 《이교異敎 신들의 계보》 등 많은 작품들을 썼는데, 이들 작품들은 중세 문학과 고전문학, 산문과 시, 서사시와 서정시, 라틴어와 이탈리아어, 그리고 대중문화와 귀족문화를 두루 포용하고 있다.

보카치오는 인문주의자로서도 활동했는데, 여기에는 1350년에 밀라노에서 만난 **페트라르카**의 영향이 크다. 페트라르카는 보카치오가 신앙에 있어서 맹신盲信으로

흐르는 것을 막아주었으며, 수도사 차니의 협박에 보카치오가 자신의 작품을 태워버리려 했을 때도 현명한 충고를 해서 참사를 막아주는 등 보카치오의 인생에 많은 도움을 주었다.

보카치오는 1373년 피렌체에서 《신곡》을 강의하다 병을 얻어 중단한 후 은퇴, 얼마 안 있어 숨을 거뒀다.

오늘날 그에 대한 평가는 목가적 로맨스의 부활, 현대 서사시의 시도, 근대 소설의 시작이라는 의미에서 선구자로 칭송되고 있다.

프란체스코 페트라르카
030
Francesco Petrarca

이탈리아의 시인, 인문주의자(1304.7.20~1374.7.19).

토스카나 주 아레초에서 태어났다. 피렌체의 서기였던 아버지 페트라코로가 귀족옹호파인 흑당黑黨에 의해 피렌체에서 추방 당했기 때문에 망명 중에 태어난 것으로 알려져 있다. 몽펠리에 및 볼로냐 대학에서 법학을 공부한 페트라르카는 아비뇽 교황청에 취직해 교황청 내에 보관 중이던 방대한 장서들을 탐독하는 한편 1327년 성 키아라 교회에서 만난 라우라라는 여성에 반해 연애시를 쓰기 시작하면서 시인으로 성장하는 발판을 마련했다.

라틴어 서사시 〈아프리카 Africa〉의 집필을 시작한 1337년 로마 여행에서 자극받은 페트라르카는 현실 사회에 대해 혐오한 것 이상으로 고대에 애착을 가졌고, 이로써 인문주의의 근간을 마련했다. 또 페트라르카

는 보카치오와 각별한 인연을 맺은 것으로도 유명하다.

페트라르카는 1341년 로마에서 계관시인桂冠詩人의 영예를 안았고, 이듬해에는 자기의 고민을 성 아우구스티누스와 대화를 나눈 형식으로 《나의 비밀De secreto conflictu curarum mearum》(1342~1343)을 집필했다.

페트라르카는 당시 속어였던 이탈리아어로 쓰인 작품들을 경시했는데, 1342년경부터는 이탈리아어로 된 **소네트** 《칸초니에레Canzoniere》를 집필하는 등 변화를 시도했다. 이 시는 지상에 대한 집착과 신에 대한 전면적 헌신의 사이에서 발생하는 고민들을 생전의 라우라와 사후의 라우라로 형상화시킨 작품이다. 이런 그의 여인에 대한 찬양을 주로 하는 시풍은 '페트라르카 시풍 petrarchismo'이란 이름으로 서유럽 각국의 시인들에게 모범이 되었다.

만년에 은퇴한 페트라르카는 《신곡》을 모방한 이탈리아어 작품 《승리》를 집필하고 그곳에서 생을 마감했다.

1450년에 제작된 《승리Trionfi》

소네트
Sonnet

유럽 정형시定型詩의 한 가지.

소네트라는 단어는 '작은 노래'라는 뜻을 가지고 있다. 따라서 우리말로 '소곡小曲'이라고 번역되었다. 또한 14행이라는 엄격한 형태와 특정 구조를 갖추고 있었기 때문에 '14행시行詩'라고도 한다.

13세기 이탈리아의 민요에서 파생되어 단테와 페트라르카 등에 의해 형식이 완성되었고, 이후 르네상스 시대에 유럽 전역에 유포되었다.

소네트의 형식은 시대에 따라 진화했다. 르네상스 때 엄격한 형식을 유지했던 소네트는 잉글랜드로 전해진 후 영국 시를 대표하는 시 형식의 하나로 자리 잡았다. 많은 작가들이 소네트를 썼는데 가장 유명한 이는 셰익스피어로, 그는 154개나 되는 소네트를 남겼다.

소네트의 운율은 8행을 한 묶음으로 하는 방법과 4행을 한 묶음으로 해서 세 번이 나온 후 2행을 추가하는 방식이 있다. 형식은 크게 이탈리안 소네트Italian Sonnet, 스펜서리안 소네트Spenserian Sonnet, 셰익스피어 소네트Shakespearian Sonnet로 세 가지가 있다. 그중 셰익스피어 소네트는 셰익스피어가 주로 사용한 방식으로 주로 4·4·4·2행의 운율을 사용했다.

소네트는 서곡序曲, 전개, 새로운 시상詩想 도입, 종합 결말이라는 기승전결起承轉結 방식을 취하고 있는데, 대부분 연애를 주된 주제로 삼았다. 수십 편의 연작聯作으로 구성된 것이 많다. 페트라르카가 평생의 여인 라우라를 모델로 해 지은 연작시 《칸초니에레Canzoniere》가 가장 아름다운 소네트로 꼽힌다.

독일의 슐레겔과 괴테, 영국의 와이엇과 사례 백작도 소네트를 썼고, 《실낙원》을 쓴 밀턴, 영국의 낭만파 시인 워즈워스와 키츠, 영국의 대표 여류 시인 브라우닝 부인 등도 우수한 소네트 작품을 썼다. 한편 19세기 상징파의 **보들레르**와 말라르메, 20세기 프랑스 시인 발레리, 독일 시인 릴케 등도 소네트 형식으로 작품을 썼다.

워즈워스
William Wordsworth

존 키츠
John Keats

브라우닝
Elizabeth Barrett Browning

영국의 낭만파 시인들

샤를 피에르 보들레르

Charles-Pierre Baudelaire

19세기 후반 프랑스의 시인(1821.4.9~1867.8.31).

프랑스 파리에서 태어났다. 보들레르가 태어났을 때 그의 아버지는 예순두 살이었고 어머니는 스물여덟 살이었는데, 여섯 살 때 아버지가 죽고 이듬해부터 어머니와 재혼한 육군 소령 자크 오피크와 함께 살다가 그가 대령으로 승진하여 리옹에 부임함에 따라 열한 살 때 리옹으로 이주, 리옹의 사립학교에 들어갔다. 이후 그는 리옹 왕립 중학교의 기숙생이 되었다. 계부의 전근으로 루이르그랑 중학교로 전학했지만 최고학년인 18학

년 때 품행 문제로 퇴학당하고 말았다. 하지만 바칼로레아대학입학 자격시험에 당당히 합격, 양친의 반대를 무릅쓰고 문학을 지망한 뒤 방탕한 생활을 일삼다가 친족들에 의해 강제로 인도 콜

카타 행 기선을 타야만 했다. 이후 보들레르는 인도양의 모리스 섬과 부르봉 섬에서만 머물다가 9개월 뒤 파리로 되돌아갔다.

파리로 돌아온 뒤에도 그의 방탕한 생활은 계속되었고, 계부가 죽은 뒤에는 더욱 심해져서 2년 동안 유산을 거의 다 탕진해버리고 만다. 이 시기에 그는 이후 20년간 애증의 관계를 이어나간 여배우 잔 뒤발과 관계를 맺고 그녀를 시흥詩興의 원천으로 삼았다.

스물네 살 때 미술평론가로서 데뷔한 보들레르는 문예비평·시·단편소설 등을 잇달아 발표했다. 또한 미국의 작가 에드거 앨런 포의 작품을 프랑스어로 번역해 소개했는데, 이러한 그의 번역은 17년간 모두 다섯 권의 작품으로 남겨졌다. 그러는 동안에도 그의 여성 편력은 계속되어 여배우 마리 도브륀 외에도 사바티에 부인들과의 만남을 지속하면서 많은 연애시를 썼다.

1857년 보들레르는 마침내 청년 시절부터 심혈을 기울여 다듬어온 시를 정리해 시집 《악의 꽃Les Fleurs du Mal》을 출판했다. 그러나 그의 시는 미풍양속을 해친다는 이유로 벌금과 수록된 시 중에 여섯 편을 삭제하고 출판하라는 판결을 받았다. 그 후에도 그의 작품 활동은 지속되어 1860년에는 《인공낙원人工樂園》을 출판했고, 1861년에는 《악의 꽃》의 재판을 냈다. 명성에 비해 방탕한 생활을 한 탓에 언제나 궁색했던 보들레르는 1864년 벨기에의 브뤼셀에서 순회 강연을 열어 재정적인 문제를 해결하고자 했으나 그때는 이미 건강이 악화된 뒤였다. 1866년 뇌연화증腦軟化症 증세로 입원한 뒤 성병으로 황폐해진 몸을 끝내 회복시키지 못한 채 이듬해 여름에 숨을 거뒀다. 그때 그의 나이 마흔여섯 살이었다.

보들레르 서정시의 문학적 가치는 그가 죽은 지 10여 년 뒤 베를렌, 랭보, 말라르메 등 상징파 시인들에게 큰 영향을 끼치면서 높이 평가되었다. 특히 발레리는 "그보다 위대하고 재능이 풍부한 시인들은 있을지 모르지만, 그보다 중요한 시인은 없다"고 극찬했다.

보들레르는 에드거 앨런 포의 지적 세계에 자극을 받아 당시 유럽 시풍을 장악하고 있던 낭만파와 **고답파**에서 벗어났으며 명석한 분석력과 논리와 상상력을 동원, 인간 심리의 심층을 탐구했다. 또한 비평 정신과 추상적인 관능, 음악성을 시에 결부시켰다.

대표적인 작품으로 만년에 쓴 산문시집《파리의 우울 Le spleen de Paris》, 들라크루아 · 바그너 · 고티에 등에 관한 평론집인《낭만파 예술L'art romantique》(1868), 만년에 쓴 수기《내심內心의 일기》등이 있다.

# 033 고답파
Parnassians(高踏派)

프랑스 근대시의 한 유파.

'Parnassians'은 그리스 신화의 아폴론이 살았다는 파르나소스 산에서 딴 명칭이다. 1866년에 고전주의로의 복귀를 제창하며 출판업자 르메르가 맹데스, 프뤼돔, 에레디아, 코페 등의 시를 모아 《현대고답시집Le Parnasse contemporain》이라는 사화집詞華集을 출판한 것이 시작이다. 그 이후부터 여기에 참여한 시인들을 고답파라고 불렀다. 《현대고답시집》은 1871년과 1876년에 속간되었는데, 베를렌과 말라르메도 참가했다.

낭만파 시들이 감상적인 심정의 토로를 특징으로 한다면 낭만파에 반기를 들고 나타난 고답파는 과학적인 실증정신實證精神과 냉철한 이지적 태도, 정치성을 지향했다. 따라서 본질적인 면에서 반反낭만주의라 할 수 있다. 이러한 시작 태도는 몰개성沒個性·객관성·무감동을 표방했다. 또한 시정 대신 시형의 아름다움을 추구, 시형의 완벽성에 대해 매우 엄격했다. 이는 객관성의 존중, 정밀한 관찰, 표현의 직접성, 비관적 인생관, 심미주의 추구에 있어서 소설이나 희곡서의 사실주의나 자연주의와도 상통한다고 볼 수 있다.

고답파는 1860년에서 1880년까지 프랑스에서 유행했다. 그러나 지나치게 형식을 강조한 탓에 시정詩情이 부족해졌고, 결국 차차 쇠퇴하다가 **상징주의**에 자리를 넘겨주었다.

고답파를 대표했던 시인으로는 고티에, 말라르메, 베를렌, 프뤼돔, 헤레디아 등이 있다.

| 고티에 | 말라르메 | 베를렌 |
| Pierre Jules Théophile Gautier | Stephane Mallarmé | Paul-Marie Verlaine |

고답파의 대표 시인들

폴 베를렌의 시 〈가을의 노래〉

〈가을의 노래〉

가을날
바이올린의
긴 흐느낌
단조로운 우울로
내 마음 쓰라려

종소리 울리면
숨 막히고
창백히
옛날을 추억하며
눈물짓노라

그리하여 나는 간다
모진 바람이
나를 휘몰아치는 대로
이리저리
마치 낙엽처럼

Chanson d'automne

Les sanglots longs
Des violons
De l'automne
Blessent mon coeur
D'une langueur
Monotone.

Tout suffocant
Et blême, quand
Sonne l'heure,
Je me souviens
Des jours anciens
Et je pleure

Et je m'en vais
Au vent mauvais
Qui m'emporte
Deçà, delà,
Pareil à la
Feuille morte.

상징주의
Symbolisme(象徵主義)

034

고답파의 객관주의에 대한 반동으로 일어난 예술 운동과 그 경향.

19세기 말에서 20세기 초에 프랑스를 중심으로 일어났다. 고답파가 분석과 관찰을 통한 시작을 했다면 상징주의는 분석으로는 포착할 수 없는 주관적 정서를 시로 표현하고자 했다.

문학사적 의미에서 상징주의는 1890년 전성기를 정점으로 약 15년간 프랑스 문단의 주류를 이뤘던 사조로서 그 시작은 보들레르로 볼 수 있다. 보들레르를 시작으로 말라르메, 베를렌, 랭보에 의해 전개되었으며 발레리, 잠, 클로델에게 계승되어 시형과 이론이 완성되었다.

서양미술에서의 상징주의는 인상주의의 실증적 표현에 저항한 미술 운동으로 나타났다. 상징주의 화파의 화가들은 상징, 우의寓意, 표징 등의 수법을 이용해 초자연적인 세계와 관념 등을 이미지로 표현해내고자 했다. 그래서 그들은 삶, 죽음, 불안, 사랑, 성性, 꿈, 환상 등을 주된 주제로 삼았다.

상징주의 미술의 대표작으로는 고갱의 〈우리는 어디서 와서 어디로 가는가〉(1897), 클림트의 〈물뱀〉, 호들러의 〈밤〉, **뭉크**의 〈절규〉 등이 있다. 여기서 고갱이 상징주의에 속하는 이유는 다른 화가들과는 달리 주제가 아닌 화면의 형태와 색체의 음악적인 배치 때문이다.

미술에서의 상징주의는 문학사에서 상징주의가 자취를 감춘 이후에도 존재하다가 1910년대에 등장한 야수파와 입체파에 밀리면서 점차 사라져 갔다.

한편 문학사에서 상징주의는 프랑스 이외의 나라에도 많은 영향을 끼쳤다. 독일의 S. 게오르게와 릴케도 상징주의의 영향을 받았으며, A. 시몬즈 역시 상징주의를 깊이 이해했다.

우리나라에도 상징주의 문학이 나타나는데, 1918년 주간지 〈태서문예신보泰西文藝新報〉 제6호와 제7호에 김억과 백대진이 베를렌의 〈거리에 내리는 비〉와 예이츠의 〈꿈〉을 게재하면서 최초로 소개되었다. 이어서 베를

주간지 〈태서문예신보〉

렌의 《작시론》과 상징주의에 영향을 받은 일본 작가들의 작품이 문예지 〈창조〉, 〈백조〉, 〈폐허〉 등을 통해 번역되어 게재되었다. 또한 이론과 작품을 단순히 소개하는 것에서 벗어나 상징주의 작풍이 짙은

작품을 창조해내기도 했는데, 대표적인 문인으로는 김억, 황석우, 박종화, 박영희 등이 있었다.

〈우리는 어디서 와서 어디로 가는가D'où Venons Nous? Que Sommes Nous?
Où Allons Nous〉(1897)
고갱Paul Gauguin 작품

〈밤Night〉(1890)
호들러Ferdinand Hodler 작품

〈물뱀Water Serpents I〉(1889~1890)
클림트Gustav Klimt 작품

## 035

에드바르 뭉크
Edvard Munch

노르웨이의 화가, 판화가(1863.12.12~1944.1.23).

뢰텐에서 태어났다. 어릴 때 어머니와 누이를 잃고 의사인 아버지와 살았는데, 뭉크도 태어날 때부터 병약했다. 오슬로의 미술학교에서 공부하면서 급진적인 그룹의 영향을 받았다. 병약한 몸과 불우한 가정환경, 두 차례 죽음을 목격함으로써 얻게 된 공포와 정신적 공황 상태를 그는 작품을 통해 삶과 죽음, 사랑과 관능, 공포와 우수, 그리고 강렬한 색채로 표현해나갔다. 이 시기 대표작은 삶과 죽음을 응시하고 있는 〈병든 아이The Sick Child〉다.

1889년 크리스티아니아에서 개인전을 연 것을 계기로 장학금을 받고 레옹 보나의 아틀리에에서 수업할 수 있는 기회를 얻었다. 다음 해인 1890년 뭉크는 파리로 가서 레옹 보나의 아틀리에

뭉크의 자화상

에 들어갔지만 몇 달 안 있어 그만두었다. 이때 그는 일본의 목판화木版畵와 로트레크, 고갱, 고흐의 작품에 매료되어 있었다.

2년 후 1892년 가을 뭉크는 초기 작품에서 보였던 서정성을 더욱 내면화하고, 죽음과 공포 등을 강렬한 색채로 표현한 작품을 베를린 미술협회전에 출품함으로써 화단에 물의를 일으켰다. 1893년에 발표한 〈절규〉가 대표작이다. 이후 뭉크는 베를린에서는 스트린드베리와, 파리에서는 상징주의와 고답파를 아우르는 시인 말라르메, 그리고 극작가 **입센**과 교우했다.

연작 〈생명의 프리즈〉를 완성한 이후 1894년부터 판화를 시작했다. 그러나 뭉크는 1908년부터 지나친 음주와 싸움 등으로 건강이 악화되어 코펜하겐에서 요양을 하게 되었다. 요양을 통해 얻게 된 심리적인 안정은 그대로 작품에 반영되어 이전의 암울한 색채 대신 밝은 색채가, 그리고 문학적이고 심리적인 정감이 두드러진 특징을 보인다.

퇴원 후 뭉크는 그간 그렸던 작품들을 팔아 땅을 산 후 그곳에서 그림을 그리며 20여 년을 조용히 살았다. 1937년 나치는 그의 작품을 퇴폐로 몰아 독일에 있던 그의 모든 작품을 몰수하기도 했다. 하지만 판화가이자 근대 미술에 있어서 표현파의 선구자였던 뭉크는 여든

살까지 세상과 상관없이 조용한 삶을 살았다. 그리고 여든 살 생일이 지난 얼마 후 조용히 숨을 거뒀다.

그 외 대표작으로는 〈봄〉, 〈질투〉, 〈다리 위〉, 〈죽음의 방〉 등이 있다.

〈칼 요한 거리의 저녁Evening on Carl Johann Street〉(1892)

〈절규The Scream〉(1893)

〈마돈나Madonna〉(1894~1895)

036 헨리크 입센
Henrik Ibsen

노르웨이의 극작가(1828.3.20~1906.5.23).

텔레마르크 주 시엔이라는 곳에서 태어났다. 원래는
부유한 상인 집안이었는데, 일곱 살 때 파산했기 때문에
입센은 가난한 유년 시절을 보냈다. 열다섯 살 때 그림
스타드로 가서 학업 대신 약방의 도제로 일하면서 독학
으로 대학 진학을 준비하는 한편 신문에 풍자적인 만화
와 시를 기고했다.

스무 살 때 파리에서 일어난 2월 혁명(1848)에 감명
을 받은 입센은 그해 겨울 고대 로마의 혁명가 카틸리나
Catilina를 소재로 한 시극詩劇 〈카틸리나〉를 썼고, 이듬해
친구에게 도움을 받아 자비로 출판했다.

입센은 정치적 활동에 관심을 갖고 조합운동에 관계
했는데, 천성적으로 반항적인 성격인 데다가 유년 시절
에 겪은 가난으로 인해 사회에 대해 저항 의식을 갖게
된 것이 원인으로 작용했다.

1850년 단막물 〈전사의 무덤〉이 상연된 것을 계기
로 대학 진학을 포기학고 작가로 나설 것을 결심, 1851

년 가을 베르겐에 새로 생긴 국민극장의 무대감독 겸 극작가로 초빙되면서 본격적으로 극작가로서의 길을 걷기 시작했다. 이후 그는 6년간 매년 1월 2일에 신작을 공연하기 위해 〈외스트로트의 잉게르 부인Fru Inger til ø steraad〉(1854), 노르웨이 민요를 소재로 한 낭만적 사극 〈솔하우그의 축제Gildet paa Solhoug〉(1855) 등과 같은 작품들을 써냈다. 이 작품들의 작풍은 모두 박력이 넘치는 특징을 보이는데 모두 노르웨이의 고대 및 중세의 역사와 전설을 소재로 하고 있다.

1857년에 노르웨이 극장의 지배인이 되어 경영난으로 폐쇄되기까지 5년 동안 최초의 현대극 등을 발표했으나 인정받지 못했다. 이후 그는 노르웨이를 떠나 이탈리아로 가서 그리스·로마의 고미술에 접했고, 그곳에서 대작 〈브랑Brand〉(1866)과 극시 **〈페르 귄트Peer Gynt〉**(1867), 10년이 걸려 완성한 세계사극 〈황제와 갈릴레아 사람Kejser og Galilæer〉(1873)을 발표했다. 입센은 이들 작품으로 힘차고 응집된 사상을 표현해내며 근대극을 확립했고, 또한 명성도 얻었다.

이후 입센은 사회의 허위와 부정을 파헤치는 사회극을 쓰기 시작했는데, 〈사회의 기둥〉(1877)과 〈인형의 집 Et Dukkehjem〉(1879)이 이때 발표된다. 특히 〈인형의 집〉은 이전의 여인상에서 탈피하여 한 사람의 인간으로서 살고자 하는 새로운 유형의 여인을 창조해냄으로써 세계적으로 화제를 모았고, 근대 사상과 여성해방 운동에 큰 영향을 끼쳤다.

그 외 대표적인 작품으로는 〈유령Gengangere〉(1881), 〈민중의 적En Folkefiende〉(1882), 〈바다에서 온 부인Fruen fra Havet〉(1888) 등이 있다.

037 페르 귄트
Peer Gynt

입센의 5막 극시이자 그리그의 모음곡.

입센이 노르웨이에서의 잇단 실패로 고국을 떠나 이탈리아 여행을 한 이후인 1867년에 발표한 극시 〈페르 귄트〉는 입센의 명성을 높이는 데 혁혁한 공을 세운다.

부농의 외아들로 태어났으나 아버지를 잃고 영락해버린 페르의 기구한 운명을 내용으로 하고 있다. 공상에 빠져 파멸에 직면했던 주인공 페르가 결국은 여성의 사랑에 의해 구원을 받는다는 이야기는 원래 노르웨이 민간에 전승되고 있던 설화였다. 괴테의 《파우스트》와 비슷한 줄거리 때문에 '노르웨이의 파우스트'라고 불리기도 한다. 극시의 제목은 주인공의 이름이 '페르 귄트'인 데에서 기인한다.

이 작품은 근대인들이 부富와 권력의 추구로 정신적으로 황폐되어가고 있음을, 그리고 야망이 덧없음을 고발하고 있다. 또한 그 해결책으로 '지고지순한 사랑'을 제시한다. 입센의 작품 중에서는 가장 상상력이 많이 발휘된 작품이라 할 수 있다.

입센은 당시 이미 작곡가로서 지위를 확립하고 있던 그리그에게 극시 〈페르 귄트〉를 위한 극음악을 의뢰했고, 서른한 살의 **그리그**는 같은 제목의 부수음악을 작곡, 1876년에 초연했다.

노르웨이 삽화가
키텔센Kittelsen 작품

〈페르 귄트〉의 줄거리는 다음과 같다.

몰락한 지주의 아들인 페르 귄트가 집안을 재건해야 한다는 어머니의 소원에는 아랑곳 않고 언제나 공상에 빠져 지냈다. 결국 연인 솔베이지를

영국의 삽화가
래컴Rackham 작품
〈페르 귄트〉의 삽화들

버리고 산속 마왕魔王의 딸과 결탁해 영혼을 팔아넘긴 후 돈과 권력을 찾아 여행을 떠난다. 미국과 아프리카에서 노예상을 해 큰돈을 벌기도 하고 추장의 딸을 농락하는 등 거드름을 피우며 살지만 여자에게 배신당하고 정신이상자로 몰려 입원을 강요당한다. 결국 페르 귄트는 배를 이용해 귀국길에 오른다. 그러나 배가 난파하는 바람에 무일푼이 되어 고향 땅을 밟는다. 이후 그는 마왕

으로부터 빚 독촉을 받았음에도 끝까지 혼을 팔아넘기지 않은 덕분에 백발이 된 과거의 연인 솔베이지의 팔에 안겨 평온한 죽음을 맞는다.

LEVEL UP-02

상식 폭
넓히기

모차르트는 곤궁했다?

영화 〈아마데우스〉를 보면 모차르트가 말년에 돈이 없어 곤궁하게 살았던 것으로 나온다. 실제로 그는 프리메이슨의 단원이자 친구였던 푸흐베르크에게 '빚을 갚아야 하지만 지금은 돈을 또다시 꿔야 할 지경'이라는 내용의 편지를 보냈다.

그러나 모차르트는 당시 피아노 교습, 연주비 등으로 적지 않은 돈을 벌고 있었다. 최근 발견된 자료에 따르면 그는 1년에 1만 플로린, 즉 오늘날 우리나라 돈으로 환산하면 4천200만 원을 벌었다고 한다. 이는 18세기 빈의 소득 격차로 봤을 때 상위 5퍼센트에 속하는 금액이었다. 즉, 모차르트는 성공한 음악가이자 수입이 많은 재산가였던 셈이다.

문제는 모차르트의 낭비벽에 있었다. 그는 일단 씀씀이가 컸고, 형편이 어려운 상황에서도 도박과 당구에 빠져 살았다. 경제관념이 없기로는 그의 아내도 마찬가지여서 집에 돈이 없는데도 개인 요리사는 물론이고 하녀까지 두고 살았다.

결국 모차르트가 말년에 곤궁했던 것은 사실이지만 음악가로서 외면을 당했기 때문이 아니라 내기 도박과 여행 등으로 있는 재산을 탕진했기 때문이었다.

에드바르 하게루프 그리그
Edvard Hagerup Grieg

노르웨이의 작곡가, 피아니스트(1843.6.15~1907.9.4).

스코틀랜드계로 노르웨이 베르겐에서 태어났다. 베르겐 주재 영국 대사였던 아버지 덕분에 비교적 부유한 어린 시절을 보냈다. 여섯 살 때부터 어머니에게 피아노의 기초를 익혔고, 열다섯 살 때인 1858년부터는 바이올린의 거장 올레 불의 추천으로 라이프치히 음악원에 들어가 4년간 수학하면서 음악적으로 슈만과 멘델스존의 영향을 크게 받았다. 하지만 이때 앓은 늑막염이 완전히 치유되지 못하면서 평생 그를 괴롭히는 족쇄가 된다.

이후 코펜하겐으로 간 그리그는 1864년부터 노르들 라크Nordraak 등의 민족주의적 색채가 짙은 음악가들과 사귀면서 자신에게 내재되어 있던 북부의 민속 가락을 발견하고 이를 바탕으로 독자적 작풍을 확립, 그해 겨울 스칸디나비아 젊은

음악가들의 작품을 소개하겠다는 목표를 가지고 설립된 외테르프 협회의 회원이 되기도 한다. 1867년 소프라노 가수이자 사촌동생인 니나 하게루프와 결혼함으로써 자신의 가곡에 대해 가장 권위 있는 해석가를 얻었다.

로마로 여행하던 중 그는 음악가 리스트와 극작가 입센을 만나게 되고, 이것이 인연이 되어 입센으로부터 극시 〈페르 귄트〉의 부수음악을 작곡해줄 것을 의뢰 받았다. 이로 인해 1876년에 초연된 〈페르 귄트〉는 1868년에 초연된 〈피아노 협주곡〉과 함께 그를 명망 있는 음악가의 반열에 올려놓았다. 이후 건강상의 문제로 정착했지만, 때때로 스칸디나비아는 물론이고 유럽으로 연주 여행을 다녔다.

1907년 그리그는 미국을 방문해 4개월 동안에 30회나 연주회를 여는 열정을 보였으나 그해 8월 28일에 베르겐의 병원에 입원, 결국 9월 4일에 숨을 거뒀다. 그때 그의 나이 예순네 살이었다.

그리그 음악의 특징은 노르웨이 민속 전통에 뿌리를 둔 섬세한 서정성이라 할 수 있다. 1867년부터 1901년까지 작곡한 무려 10집으로 된 피아노곡 〈서정 소곡집Lyriske Stykker〉에서는 민요에 기반한 활기찬 리듬과 후기 낭만주의에 기반한 새로운 화성법을 선보였고, 1885년에 시작해 1887년에 완성한 〈제3바이올린 소타나)와 1902년에 완성한 〈노르웨이 농민무용〉 등의 작품들을 통해서는 고전적 형식을 바탕으로 민족적인 음악을 찾으려고 애썼다. 그리그는 이 외에도 많은 작품 속에 **민족음악**의 선율과 리듬을 도입, 민족적 색채가 짙은 작품을 만들어 오늘날 노르웨이의 대표 음악가가 되었다.

대표작으로는 〈피아노 협주곡 a단조〉, 〈페르 귄트〉 등이 있다. 특히 〈페르 귄트〉에 나오는 가곡 중 하나인 '솔베이지의 노래'는 지금까지도 널리 애창되고 있다.

그리그가 말년에 살던 집

039 민족음악
National Music(民族音樂)

민족의 민족성, 민족심리 등이 표출되어 있는 음악.

지구상에 존재하는 각 민족이 독자적 · 전통적으로 전 승해온 음악을 말한다. 전위적인 현대 음악 등을 제외하 면 거의가 민족음악이라고 할 수 있지만, 편의상 유럽의 클래식과 현대의 대중음악을 제외한 음악을 '민족음악' 이라고 부른다.

민족에 따라 다양하게 존재하는 특성상 · 양식상의 구 별에 의해 민속음악과 예술음악으로 크게 구분된다.

먼저 예술음악은 유럽, 아메리카, 아시아, 아프리카의 비교적 고도의 문화에서 자생 · 발전한 예술적 자율성이 높은 음악을 가리킨다. 예술음악을 이룬 지역으로 보면 중국과 우리나라를 비롯한 동아시아와 인도네시아제도 를 중심으로 한 동남아시아, 인도를 중심으로 한 남아시 아, 이란에서 이집트까지를 이르는 서아시아와 북아프 리카 등으로 이 지역의 음악은 치밀한 이론에 근거하여 다양한 형태로 존재한다.

하지만 '클래식 음악'이라고 불리는 유럽의 고전파 음

악이나 낭만파 음악 등은 민족음악이라고 부르지 않는다. 단, 체코의 **드보르자크**나 스메타나, 헝가리의 바르토크나 코다이, 핀란드의 시벨리우스처럼 자기 음악의 배경을 민족에 두고 있다고 주장하는 작곡가들의 음악은 경우에 따라 민족음악으로 부르기도 한다.

예술음악이 자율적이라면 이에 대비되는 민속음악은 타율적이다. 때문에 다른 예술형태와 밀착하고 있거나 각 사회 속에서 특정한 기능이 부여되어 있다. 즉, 사회적 상황이나 문화적 맥락 속에서 살아 있다는 것이다. 바로 기능적인 특성을 가진다는 말이다.

일반적으로 포크뮤직이 이에 해당하는데, 유럽이나 미국 내 백인 집단의 농촌적·소공동체적 표현으로서의 민요와 아시아 및 아프리카의 높은 예술음악에 기생한 일부 기층계급 사람들에 의한 음악, 그리고 사하라 남쪽의 아프리카, 폴리네시아와 뉴기니 등의 오세아니아, 아메리카에 사는 에스키모와 아메리카 인디언들의 전통음악이 이에 해당한다.

지리적 특성을 고려한다면 예술음악은 보다 넓은 지역을, 민속음악은 보다 좁은 지역의 음악을 말한다. 또한 예술음악이 악보와 음악학교 등의 조직적 교육기구에 의해 전승되는 것에 반해 민속음악은 개인 대 개인, 개인 대 집단, 집단 대 집단 위주로 청각적인 모방, 즉

구전에 의해 전승된다.

민족음악의 표현 매체는 악기보다는 사람의 목소리인 경우가 많다. 발성법이나 가사, 가창으로의 표현이 그 민족만이 가진 고유의 특색을 가장 잘 표현하는 것이다. 여기에는 각 고장의 기후풍토 · 사회관습 · 체격 · 체질 · 미의식이 요인으로 작용하는데, 밝은 태양의 이탈리아에서는 시원한 벨 칸토bel canto 창법이 발전한 것에 반해 음울한 중부 유럽에서는 침잠한 발성법이 발전한 것이 그 예다. 또 성에 있어 엄격한 에스파냐에서는 성대를 긴장시키는 딱딱한 발성을, 그에 비해 자유로운 스칸디나비아에서는 성대를 이완하여 부드러운 발성을 한다.

한편 악기 역시 민족의 특징을 표현하는 한 수단이다. 문화양식에 따라서는 성악보다 악기가 더 중요한 작용을 하는 곳도 있다. 대체로 예술음악에서는 기악이 중시되고 민속음악에서는 민요와 같은 성악이 중시된다.

악기의 소재는 그 사회의 행동범위 내의 천연자원에 크게 의존한다. 바다에서의 포획물이 풍부한 오세아니아 지역에서는 상어 가죽으로 만든 북이 쓰이는 것이 그 예다.

그러나 대부분의 사회는 인접한 문화나 교역을 통해 비교적 먼 지역의 문화에 영향을 받아 주어진 생태학적 조건을 초월했다. 실제로 동아시아, 동남아시아 등의 민속악기의 기원을 찾아보면 상당 부분 서아시아에서 파급된 것임을 알 수 있다.

　민족음악에 대한 고찰은 20세기 초기 이래 비교음악학, 민족음악학이라는 명칭 아래 학문적으로 성립되었다. 이러한 학문적 고찰을 바탕으로 한 민족음악의 실체 파악은 현대 음악의 소재로서 민족음악을 사용하는 데 이용되면서 민족음악을 한층 더 발전시키고 있다.

040 안토닌 레오폴트 드보르자크

Antonín Leopold Dvořák

체코 출신의 음악가(1841.9.8~1904.5.1).

프라하 근교의 시골 넬라호제베스에서 태어났다. 여인숙과 정육점을 경영하는 집안의 8남매 중 장남이었다. 때문에 그의 아버지는 경제적으로 어려운 집안 형편을 감안, 그에게 가업을 잇게 할 목적으로 열세 살 때부터 독일어를 배우게 했다. 그러나 그는 아버지의 뜻과는 달리 친척의 도움을 받아 열일곱 살 때 오르간 학교에 들어가 2년간 공부했다. 졸업 후 레스토랑과 호텔 등에서 비올라를 켜면서 생활하다 1862년 프라하에 가설극장假設劇場이 신설되면서 그곳 비올라 연주자가 되었다. 그러는 사이 베토벤을 연구하면서 실내악과 교향곡의 습작에 힘썼고, 연주자로서 스메타나의 민족 오페라를 연주한 것을 계기로 민족음악 운동에 심취했다. 또한 독일의 바그너와 헝가리의 리스트에게도 영향을 받았다.

드보르자크는 몇 편의 오페라를 발표했지만 모두 실패했고, 대신 1872년 서른한 살이 되었을 때 완성한 혼성합창과 관현악을 위한 〈찬가〉로 큰 성공을 거뒀다. 또한 이 성공으로 알토 가수 안나 체르마코바와의 결혼까지 이루게 되었다. 이후에 그는 교회의 오르간 주자가 되어 창작에 많은 시간을 할애하면서 오스트리아 정부의 장학금을 얻기 위해 매년 작품을 제출했다. 그러다 1877년 심사위원이었던 브람스에게 인정받아 그의 소개로 베를린의 출판사에서 작품을 출판하면서 일약 유명해졌다. 1878년부터는 지휘를 시작해 1884년 이후 영국을 아홉 차례나 방문하여 자작곡을 지휘했다. 1891년 프라하 음악원 교수가 되었고, 같은 해 영국 케임브리지 대학교에서 명예박사 학위를 받았다.

1892년 뉴욕의 내셔널 음악원 원장으로 초빙되어 도미한 드보르자크는 미국에서의 신선한 인상을 소재로 흑인 음악과 인디언의 음악, 그리고 슬라브 음악을 결합시켜 제9번 교향곡 〈신세계From the New World〉를 작곡했다. 〈신세계〉는 대성공이었다. 그러나 이것은 고국에 대한 향수를 불러일으켰다. 현악 4중주곡 〈아메리카〉(1893), 〈첼로 협주곡 b단조〉(1894) 등 흑인의 애수와 고향에 대한 향수를 담은 명작들을 잇달아 발표한 것이 그 증거다.

1895년 쉰네 살에 고국으로 돌아온 드보르자크는 프라하 음악원에서 교편을 잡는 한편 오스트리아 상원의원에 임명되는 등 음악가로서 최고의 영예를 누리면서 창작 활동을 이어나갔으나 그리 큰 성공을 거두지는 못했다. 그러다 뇌졸중에 쓰러져 예순세 살의 나이로 자택에서 숨을 거뒀다.

체코의 민족음악은 스메타나에 의해 개척되고 드보르자크에 의해 국제적인 것이 되었다는 것이 널리 알려진 이론이지만, 스메타나가 교향시나 오페라에 민족주의 리얼리즘을 정립한 것에 반해 드보르자크는 브람스가 추구한 독일식 **신고전주의**를 지향했다. 게다가 미국에 체류하면서 체코 민족음악의 울림보다는 고향에 대한 향수에 심취한 정서를 더 중요시했다. 이러한 절충주의가 그의 음악을 대중적으로, 세계적으로 알린 원인으로 작용한 것으로 보인다.

041 신고전주의
Néo-Classicisme(新古典主義)

고전고대의 부활을 목적으로 한 예술 양식.

18세기 후반 건축, 조각, 회화, 공예의 각 장르에 걸쳐 서구 전체를 풍미했다. 합리주의적 미학을 바탕으로 고대적 모티브의 사용과 냉철한 표현의 완성을 특징으로 한다. 고대에 대한 관심은 1748년 폼페이의 발굴과 그리스나 소아시아로의 발굴 여행 등에 자극되어 나타났고, 19세기 나폴레옹의 로마에 대한 동경이 이를 한층 부채질했다.

건축 부문에서의 대표적인 인물로는 영국의 로버트 아담과 윌리엄 첸버스, 프랑스의 스프로, 독일의 신켈 등이 있다. 조각에 있어서는 프랑스의 우동과 이탈리아의 카노바, 회화에서는 영국의 벤저민 웨스트와 프랑스의 비앙 등이 널리 알려져 있다. 특히 그중에서도 가장 뛰어난 성과를 이뤄낸 화가는 비앙의 제자인 **다비드**라고 할 수 있다. 다비드의 화풍은 다시 앵그르에게 계승되었다.

이후 신고전주의는 고대나 이국異國에 대한 동경과 관

능이라는 경향으로 기울어지면서 낭만주의 예술의 선구
자로서의 구실도 했다.

음악에 있어서 신고전주의는 낭만파의 특징인 감정
과다感情過多에 대한 반동으로 발생해 20세기 음악의 한
경향으로 자리 잡았는데, 제1차 세계대전 후 독일의 피
아니스트이자 작곡자인 페루초 부조니Ferruccio Busoni에
의해 체계화되었다. 음악에서의 신고전주의는 바로크
나 그 이전의 대위법적 수법을 존중했는데, 프랑스에서
는 '바흐로 돌아가라'는 운동으로 나타나기도 했다. 신고
전주의라는 표현은 흔히 브람스, 프랑크, 레거 등에서도

볼 수 있으나, 이는 주의로서
의 움직임은 아니었다.

한편 히틀러 시대의 독일에
서도 한때 '신고전주의 예술'
이라는 명칭이 있었으나, 이
는 고전고대를 목적으로 하는
본래의 신고전주의와는 별개
의 것이다.

〈디아나Diana〉(1780)
장-앙투안 우동
Jean-Antoine Houdon 작품

〈마르스, 비너스, 그리고 큐피드Mars, Venus And Cupid〉
조제프 마리 비앙Joseph-Marie Vien 작품

스코틀랜드 에이셔의 컬레인 성Culzean Castle
로버트 애덤Robert Addam 작품

자크-루이 다비드

Jacques-Louis David

프랑스의 화가(1748.8.30 ~ 1825.12.29).

파리에서 태어났다. 어린 시절부터 미술에 재능을 보인 것으로 알려져 있다. 아카데미 생뤼크를 거쳐 왕립 아카데미에서 수학하면서 프랑수아 부셰와 조제프 마리 비앙에게 사사했다. 스물여섯 살인 1774년에 회화 부문에서 **로마대상**을 받아 이듬해 로마로 유학, 5년 동안 로마에 머물면서 고대 미술에 큰 감명을 받았다. 그래서 18세기 프랑스 회화의 전통을 고수하는 한편 이탈리아 르네상스 회화에서 받은 감동과 고대 그리스와 로마 미술에의 심취를 바탕으로 신고전주의를 탐구했다.

이후 그는 역사화를 주로 그렸는데, 로코코의 경박함을 벗고 고전적인 엄숙함과 엄정함을 작품으로 표출하면서 앙시앵 레짐의 도덕적 풍조와 조화를 이뤘다. 또한 고대 조각의 조화와 질서를 존중하고 장대한 구도 속에서 세련된 선으로 고대의 조각과 같은 형태미를 만들어냈다.

이 시기 다비드는 고전주의를 표방하는 대표 화가로

서 많은 학생들을 거느리고 있었다. 파리 살롱 회화에서 가장 영향력 있는 인물이기도 했다.

다비드의 자화상

정치적으로는 혁명기의 정치가이자 자코뱅당의 지도자였던 로베스피에르의 친구로서 프랑스 혁명을 전폭적으로 지지했다. 〈마라의 죽음〉과 같은 날카로운 현실감각을 표현해내기도 했다. 또 문화재 보호에도 앞장섰다.

로베스피에르의 실각과 함께 투옥되기도 하지만 석방된 후 나폴레옹 황제의 궁정 화가로서 〈나폴레옹 대관식〉 등을 그리며 나폴레옹 1세의 정치 체제에 협력하는 한편 지로데, 트리오종, 그로, 제라르 등의 후배를 길러냈다. 나폴레옹 실각 후인 1816년 벨기에 브뤼셀로 망명한 후부터 1825년 숨을 거둘 때까지 그의 작품은 신화를 주된 주제로 하고 있다. 그의 시신은 '국왕을 죽인 반역자'라는 이유로 프랑스 정부로부터 거부되어 타국인 벨기에에 묻혔다.

그 외 대표작으로는 〈호라티우스의 맹세〉, 〈사비니의 여인들〉, 〈서재에 있는 나폴레옹〉 등이 있다.

〈파리스와 헬레네의 사랑Les Amours de Pâris et Hélène〉(1788)

〈마라의 죽음Marat assassiné〉(1793)

〈서재에 있는 나폴레옹Napoléon dans son cabinet de travail〉(1812)

〈테르모필라이의 레오니다스Léonidas aux Thermopyles〉(1814)

043 로마대상
Grand prix de Rome

프랑스 예술원이 여러 예술 분야 콩쿠르의 1위 입상자에게 수여하는 상.

프랑스 미술 아카데미Academie des Beaux-Arts가 매년 회화·조각·건축·판화·음악작곡 부문의 콩쿠르를 실시하여 각 부문 1등에게 주는 상이다.

음악 부문은 파리 음악원의 작곡과 학생 중에서 뽑는데, 콩쿠르 참가자는 칸타타 한 곡을 제출해야 한다. 로마대상의 수상자는 정부로부터 장학금을 받아 4년간 로마에 있는 아카데미 드 프랑스에 유학할 수가 있다. 루이 14세가 예술보호정책의 일환으로 로마에 '아카데미 드 프랑스'를 설립해 유능한 예술가를 로마로 유학시켜 고전고대의 연구를 장려한 것이 그 시초다.

파리 왕립 회화·조각 아카데미 설립에 노력했던 샤를 르 브룅에 의해 촉진되었고, 1666년에 제반 규정이 정해지면서 파리 왕립 아카데미 출신의 부문별 최우수 학생에게 수여되었다. 초기에는 회화와 조각 부문에만 수여되었는데 1723년 이후 건축 부문도 시상 대상이 되었다. 프랑스 대혁명으로 한동안 중단되었지만 1801년 부터 재개되었고, 1803년부터는 음악 부문에도 대상이 제정되었다.

대표적인 수상자로는 회화 부문의 다비드 · **앵그르**, 조각 부문의 클로디옹 · 카르포, 건축 부문의 가르니에, 음악 부문의 베를리오즈 · 구노 · 비제 · 마스네 · 드뷔 시 · 이베르 등이 있다.

로마에 있는 '아카데미 드 프랑스' 전경

044 · 장 오귀스트 도미니크 앵그르

Jean Auguste Dominique Ingres

19세기 고전주의 대표 화가(1780.8.29~1867.1.14).

프랑스 몽토방에서 태어났다. 장식 미술가이자 아마추어 음악가였던 아버지의 재능을 이어받아서인지 아홉 살에 석고 데생을 완성했는데, 아이의 솜씨답지 않은 근육 묘사와 명암을 보여 신동으로 인정받았다. 게다가 바이올린 연주도 수준급이었다. 열여섯 살 때 파리로 나와 본격적으로 회화에 입문, 당시 화단의 중진으로 명성을 떨치던 자크 루이 다비드 밑에서 수학했다.

스물한 살 때인 1801년 〈아가멤논의 사절들〉이란 작품으로 로마대상을 받고, 1806년 로마로 유학을 가서 1824년까지 체류했다. 이때 앵그르는 고전 회화와 르네상스의 거장 라파엘로의 화풍을 연구했는데, 특히 르네상스 시대의 거장 라파엘로의 영향을 많이 받았다. 라파엘로의 작품 〈성모자와 성요한〉 앞에서 감동의 눈물

〈자화상〉(1804)

을 흘렸다는 일화가 전할 정도로 대단했던 앵그르의 라파엘로에 대한 경의와 존경은 〈라파엘로와 포르나리나〉와 같은 작품으로 탄생되었다. 이 시기 발표한 작품으로는 〈오이디푸스와 스핑크스〉, 〈목욕하는 여자〉, 〈유피테르와 테티스〉 등이 있다.

한편 앵그르는 신고전주의의 선구자였던 다비드의 영향도 많이 받았다. 명확한 윤곽선과 입체감을 돋보이게 하는 명암법, 명쾌한 형태 등을 추구했던 고전주의 기법의 전형이라는 공통점을 바탕으로 앵그르는 아름다움을 위해 인체를 다소 왜곡시키는 개성을 발휘했다. 즉, 다비드가 보여주는 고전주의식의 차갑고 딱딱함과 라파엘로가 보여주는 르네상스식의 우아한 아름다움을 동시에 추구하며 현실의 아름다움과 이상적인 아름다움의 조화

〈아가멤논의 사절들Les Ambassadeurs d'Agamemnon〉(1801)

를 펼쳐나간 것이다.

앵그르는 초상화에 있어서도 천재적인 소묘와 고전풍의 세련미를 발휘했다. 하지만 초기에는 고국에서 인정을 받지 못했다. 그러다 1824년에 파리로 돌아와 발표한 〈루이 13세의 성모에의 서약〉으로 주목 받기 시작해 이후 들라크루아로 대표되는 신흥낭만주의와 대응되는 고전파의 중심인물이 되었다.

1834년 로마대상 수상자들이 로마로 유학을 갔을 때 입학하게 되는 '아카데미 드 프랑스'의 관장으로 임명됨에 따라 다시 이탈리아에 갔다가 1841년 파리로 돌아왔다. 이 시기에 〈잔 다르크〉, 〈터키 목욕탕〉, 〈앵그르 부인〉과 같은 작품을 발표했다.

초상화와 역사화 외에도 앵그르는 〈오달리스크〉처럼 그리스 조각을 연상케 하는 우아한 나체화를 그린 점에

〈오달리스크La Grande Odalisque〉(1814)

있어서도 독보적인 존재였다.

앵그르는 19세기 고전주의 대표 화가로서 불멸의 명작을 그려 후대의 드가, 르누아르, **피카소** 등에게도 큰 영향을 끼쳤다.

〈루이 13세의 성모에의 서약Le Voeu de Louis XIII〉(1824)

〈유피테르와 테티스Jupiter et Thétis〉(1811)

〈샘La Source〉(1856)

파블로 루이스 피카소

Pablo Ruiz Picasso

045

에스파냐 출신의 입체파 화가(1881.10.25~1973.4.8).

말라가에서 태어났다. 미술 교사였던 아버지의 영향으로 말을 배우기 시작할 무렵부터 그림을 그리기 시작했다. 초급학교에서는 졸업이 어려울 정도로 학습 능력이 떨어졌지만 그림에 대한 재능만큼은 또래 중 단연 으뜸이었다. 열네 살 때 바르셀로나로 이주한 후 미술학교에 입학해 본격적으로 미술 공부를 시작했지만 적응하지 못했고, 마드리드에 있는 왕립미술학교로 옮겼지만 그마저도 이내 그만두었다. 그 후 바르셀로나로 돌아온 열일곱 살의 피카소는 프랑스와 북유럽의 미술 운동에서 많은 자극을 받았다. 특히 르누아르, 로트레크, 뭉크

등에 매료되어 그들의 화풍을 습득하려고 노력했다.

피카소가 프랑스 파리를 처음 방문한 것은 그의 나이 열아홉 살 때인 1900년이었다. 다음 해 다시 파리로 간 그는

몽마르트르를 중심으로 자유롭게 제작 활동을 하고 있던 젊은 보헤미안의 무리에 합류했고, 이때부터 모네와 르누아르로 대표되는 인상파들의 작품들과 고갱의 원시주의, 고흐의 열정적 표현주의에 큰 영향을 받았다.

이 시기 피카소의 생활은 지극히 어려워서 파리의 구석진 다락방에서 추위와 가난을 견뎌야만 했다. 또한 세계적인 도시 파리의 이면에 숨어 있는 빈곤, 질병, 성병을 발견하고 두려워한 나머지 자살을 결심하기도 했다. 게다가 이 시기 그는 프랑스어를 할 줄 몰라 외로움과도 싸워야만 했다.

그러나 파리 뒷골목의 거지와 가난한 가족 등을 소재로 한 작품들로 첫 전시회를 열어 성공을 거뒀다. 하층계급에 속하는 사람들의 생활 참상과 고독감이 두드러진 이때의 작품들에는 청색이 주조를 이룬다. 때문에 이때를 피카소의 '청색시대青色時代'라고 부른다. 이후 연애를 시작하면서 그림의 색조가 청색에서 장밋빛으로 바뀌고 전체적으로 밝아지기 시작했다. 여기에 에스파냐 예술, 카탈루냐 지방의 중세 조각, 그레코, 고야 등에서 발견되는 독특한 단순성과 엄격성이 가미되었다. 이때에는 곡예사들의 삶을 주요 소재로 삼았다. 〈공 위에서 묘기를 부리는 소녀Girl Balancing on a Ball〉, 〈광대〉, 〈곡예사 가족Family of Saltimbanques〉 등이 대표적인 작품이다.

1905년 파리에서 인정받는 화가가 된 피카소는 세잔의 영향으로 형태를 점점 단순화하기 시작했다. 또 아프리카 흑인 조각의 영향으로 형태분석形態分析을 구체화하기 시작했다. 그러한 결과가 바로 1907년에 그린 **〈아비뇽의 아가씨들〉**이다. 이때부터 피카소는 조르주 브라크 Georges Braque와의 공동 작업으로 입체주의 미술 양식을 창안, 1909년에는 분석적 입체파, 1912년부터는 종합적 입체파 시대를 개척해 1923년까지 지속하면서 다양한 수법을 사용했다.

고국으로 돌아와 작품 활동을 하던 중 1936년 에스파냐 내란이 일어나자 인민전선을 지지하면서 독재자 프랑코에 대한 적의와 증오를 시와 판화로 나타낸 연작 〈프랑코의 꿈과 허언虛言〉, 전쟁의 비극과 잔학상을 독자적 스타일로 그려낸 벽화 〈게르니카〉, 그리고 〈통곡하는 여인Weeping Woman〉 등을 연달아 세상에 내놓으면서 피카소만의 독특하고도 기괴한 표현법을 사용하기 시작했다. 제2차 세계대전이 발발하고 이듬해 독일군이 파리를 장악하자 파리로 돌아와 레지스탕스 지하운동 투사들과 교류했고, 1944년 종전 후에는 프랑스 공산당에 입당하는 등 정치적 행보를 잇기도 했다. 그러나 이후에는 남프랑스 바닷가에서 살면서 그리스 신화 등에서 소재를 취해 밝고 목가적 분위기가 돋보이는 작품을 제작하는 한편 도자기 제작과 조각, 석판화에도 열정을 보이면서 새로운 수법을 창조했다. 아흔두 살의 나이로 세상을 떠날 때까지 꾸준히 새로운 화풍과 표현법을 추구했는데, 이는 다른 거장들이 완성한 화풍을 끝까지 고수한 것과는 다른 면모라 할 수 있다. 한편 피카소는 한국전쟁을 소재로 〈한국에서의 학살〉, 〈전쟁과 평화〉 등의 작품을 세상에 내놓기도 했다.

한편 피카소는 열아홉 살에 파리로 간 이후 생애 대부분을 프랑스에서 살았지만 사회주의자라는 이유로 끝내 프랑스 시민권을 얻지 못했다.

〈광대The Actor〉(1905)

〈게르니카Guernica〉(1937)

〈한국에서의 학살Massacre in Korea〉(1951)

아비뇽의 아가씨들

Les Demoiselles d'Avignon

## 046

1907년 피카소가 그린 그림.

입체파의 선구적 그림이라 할 수 있다. 캔버스에 그린 유화로 가로 243.9센티미터, 세로 233.7센티미터에 이르는 대작이다. 부제는 〈바르셀로나 아비니호 거리의 여인들〉이다.

화면에는 다섯 명의 벌거벗은 여인들을 기하학적으로 구성해놓았는데, 가운데 두 여인은 스케치 초기의 모습을 비교적 유지했으나 양쪽에 있는 세 여인들은 다양한 각도에서 본 신체의 모습을 하나의 신체로 섞어 조합한 듯 구성했다. 또 배경은 푸른색과 흰색의 기하학적 윤곽만을 표현하여 입체적인 느낌을 주었다.

사물을 원기둥과 구로 보았던 폴 세잔, 원근법과 명암법을 무시한 **야수파**, 아프리카 미술에 관심을 두었던 앙리 마티스 등의 영향을 받은 피카소는 1905년 이 작품을 구상했고, 100여 장이 넘는 소묘와 거기에 무수한 덧칠을 한 끝에 완성했다. 그림 속에 등장하는 여인들은 바르셀로나 아비뇽 거리에서 성을 파는 매춘부들이다.

〈아비뇽의 아가씨들〉은 발표되기 전 이 그림을 본 동료들로부터 혹평을 받았다. 원근감과 명암법에 기초를 두었던 르네상스 미술의 전통을 완전히 거부하고 있다는 것이 그 이유였다. 그러나 이런 이유로 인해 〈아비뇽의 아가씨들〉은 훗날 이전의 표현 양식을 거부한, 본격적인 현대 회화의 시작이라는 미술사적 위치를 확보하게 된다.

3차원의 세계, 즉 입체적인 관점에서 사물을 표현한 그의 입체주의는 새로운 회화의 가능성을 열어주었고, 현대 추상미술의 시초로서 20세기의 건축과 디자인에까지 영향을 끼쳤다. 한편 입체주의는 피카소의 〈아비뇽의 아가씨들〉을 시작으로 1920년대 말까지 유행했다.

〈아비뇽의 아가씨들〉은 현재 뉴욕 현대미술관에 소장되어 있다.

〈아비뇽의 아가씨들〉(1907)

# 047 ● 야수파
Fauvism(野獸派)

20세기 초 프랑스에서 일어난 회화의 한 형식.

1905년에서 1910년에 걸쳐 프랑스 화가들에 의해 일어났다. 폭발하는 감정을 그대로 표현하기 위해 화려한 원색들을 직접적으로 사용한 것이 특징이다. 야수파 화가들은 인상파 화가들과 마찬가지로 자연을 소재로 하되 회화의 주제에 대한 강렬한 표현적 감응을 작품에 투영했다. 1905년 파리에서 처음 공식적으로 전시된 야수파 그림들은 관람객들에게 커다란 충격을 주었는데, '야수파'라는 명칭은 비평가 보셀이 강렬한 원색과 격정이 넘치는 대담한 필치로 제작한 이들 작품을 한 방에 전시한 것을 본 후 "야수가 울부짖고 있는 것 같다"라고 한 데에서 유래되었다.

고흐의 **표현주의**적인 격렬함과 고갱의 장식적인 화면 통일에 큰 영향을 받은 야수파이지만, 표현주의가 비극적 감정을 담았다면 야수파는 지중해적 개방성과 질서로의 지향성을 담았다

야수파를 주도한 화가는 앙리 마티스였다. 후기 인상

183

파의 작품을 세밀하고 비판적으로 연구한 것을 바탕으로 전통적인 3차원 공간의 묘사를 거부하고 새로운 회화 공간을 추구, 〈모자를 쓴 여인〉이라는 작품을 세상에 내놓았다.

한편 조르주 브라크Georges Braque는 작은 점들을 이용해 명확한 율동과 구성 감각을 창조해냄으로써 입체파로의 발전을 예고했고, 실제로 이후 피카소와 함께 입체주의를 주도하기도 했다.

이후 야수파는 1908년경 자연의 질서와 구조에 관한 통찰력을 보인 세잔에 대한 관심이 고조되자 야수파의 특징인 격정적 정서를 거부하고 입체파로서의 길을 걷기에 이른다. 결국 점차 동조하는 화가들이 줄어들면서

〈모자를 쓴 여인Femme au Chapeau〉(1905)
앙리 마티스Henri Matisse 작품

1910년경 거의 자취를 감추고 만다. 하지만 마티스는 이전의 화풍을 고수하면서 자신만의 야수 화풍을 이룩했다.

야수파를 대표하는 화가로는 마티스, 말케, 루오, 블라맹크, 드랭, 브라크 등이 있다.

〈프로방스의 풍경Paysage de Provence〉(1908)
앙드레 드랭André Derain 작품

〈서커스Le cirque〉
모리스 드 블라맹크Maurice de Vlaminck 작품

048 표현주의
Expressionismus(表現主義)

20세기 초 독일에서 일어난 예술 운동.

인상주의에 대한 반동으로 일어났다. 표현주의라는 명칭을 처음 사용한 사람은 미술사가 빌헬름 보링거다. 1905년경 독일에서 명확한 형태를 가지기 시작해 '브뤼케 예술가 그룹', '신뮌헨 미술가 협회', **'블라우에 라이터'**, 즉 〈청기사〉 중심으로 발전했다. 제1차 세계대전부터 나치가 대두될 때까지 독일 예술계를 지배했다.

표현주의의 특징은 정신적 체험으로 지탱되는 사물의 의미와 본질을 직접 표현하려 한 데 있다. 따라서 현실을 그대로 재현하는 묘사라든지 현상이 가진 외면보다는 정신적인 측면을 강조했다.

표현주의 화가들은 원근법, 해부학, 채광, 음영 등의 법칙을 무시한 대신 선묘나 윤곽선의 표현을 강조했다. 또한 원색에 의한 강렬한 색채를 채용했다. 표현주의 대표 화가로는 고흐, 고갱, 뭉크, 호들러 등이 있다.

한편 표현주의는 특정 화파를 지칭하는 용어를 넘어 프랑스 야수파, 초현실주의적인 샤갈, 후기 고딕의 조각, 바로크 예술 등의 양식적 특징에 대한 평으로도 사용된다.

〈그리스도와 유다kristus und Judas〉
독일 표현주의 화파 '브뤼케'의 판화가 슈미트—로틀루프Schmid—Rottluff 작품

블라우에 라이터
Der Blaue Reiter(독일어)

1912년에 뮌헨에서 간행된 연간지의 명칭.

'청기사靑騎士'라는 뜻을 가지고 있다. 러시아 출신의 화가로 현대 회화에서 처음으로 순수 추상 작품을 선보인 칸딘스키Wassily Kandinsky가 편집했다.

화가와 음악가에 한해 기고를 받았고, 전위 예술가들의 작품 외에도 원시 민족의 조각이나 농민의 민예품, 아동화 등도 수록해서 이들 역시 '공인되지 않은 예술'로 인정해야 한다는 새로운 예술 운동을 벌였다.

〈블라우에 라이터〉는 본래 1911년 12월 '신뮌헨 미술가 협회'에서 의견 분열로 탈퇴한 칸딘스키를 주축으로 설립되었다. 편집부 주최로 제1회전을 열었고, 이듬해 12월 3일에는 판화가 중심의 제2회전을 열어 국제미술전으로서의 면모를 갖추기 시작했다. 이때 참가한 미술가로는 마르크, 마케, 클레, 크빈, 뮌터, 야우렌스키 등이 있었는데, 이후 〈블라우에 라이터〉는 이들을 중심으로 움직였다. 때문에 이들을 '청기사의 화가들'이라 부른다.

청기사의 화가들이 보인 특징은 이들을 통합하는 양

식이 따로 없다는 것이었다. 다만 내면적 의욕을 다양하게 만들어냈다는 공통점이 있다.

〈블라우에 라이터〉의 활동은 1914년 제1차 세계대전 발발과 함께 끝나고 만다. 하지만 이들이 추구했던 종합 예술의 이념은 **바우하우스**로 이어진다.

〈블라우에 라이터〉의 표지들

바우하우스
Bauhaus

독일 디자인 학교, 이곳에서 발행한 잡지 명칭.

디자인 학교 '바우하우스'의 정식 명칭은 '타트리히스 바우하우스Staatliches Bauhaus'다. 1919년 건축가 발터 그로피우스Walter Gropius가 세워 여러 가지 수공예를 가르쳤다. 1925년까지는 바이마르에 본거지를 두었다가 1932년에 데사우로 옮겼고, 1933년 베를린에서 나치에 의해 폐교되었다.

바우하우스에 다니는 학생들은 실습에 들어가기 전 6개월 과정의 예비학습을 받아야 했고, 3년에 걸친 실습교육 후 전문직공 자격증을 받았다.

바우하우스의 교수진으로는 스테인드글라스 · 회화의 파울 클레Paul Klee, 벽화의 바실리 칸딘스키Wassily Kandinsky, 그래픽에 리오넬 파이닝거Lyonel Feininger, 무대 연출에 오스카 슐레머Oskar Schlemmer, 도예에 게르하르트 마르크스Gerhard Marcks 등 20세기를 대표하는 예술가들이 대거 포진되어 있었다.

바우하우스의 교수법과 교육 이념이 세계적으로 보급

된 결과 오늘날 대부분의 예술 교육과정에는 바우하우스가 그랬던 것처럼 학생들이 기초적인 디자인 요소를 습득하게 하는 과정이 포함되어 있다.

한편 바우하우스에서는 1926년 〈바우하우스Bauhaus〉라는 계간지를 펴내기 시작했다. 모호이너지László Moholy-Nagy, 바이어Herbert Bayer, 슈미트Joost Schmidt 등 다양한 바우하우스 작가들이 디자인에 참여, 수평 수직의 그리드 시스템을 기초로 체계적이고도 비대칭적인 레이아웃, 산

계간지 〈바우하우스〉의 표지들

세리프체의 다양한 굵기와 괘선을 이용한 지면 분할 등을 통해 신新타이포그래피의 전형을 보여줌으로써 잡지를 짜임새 있는 건축물과 같은 모습으로 탄생시켰다. 이러한 계간지 〈바우하우스〉의 신타이포그래피는 당시 **아방가르드** 미술의 한 축을 담당하기도 했다.

051 ● 아방가르드
Avant-Garde

20세기 초 프랑스와 독일을 중심으로 일어난 예술 운동.

자연주의, 그리스·로마 고전의 정신과 양식을 모방하고자 한 17세기 문예사조인 의고전주의擬古典主義에 대항해 등장했다. 우리에게는 전위예술前衛藝術로 번역되었다.

'아방가르드'란 본래 군대용어로 전투할 때 선두에 서는 돌격부대를 뜻하는 말이다. 러시아 혁명 당시에는 계급투쟁의 선봉에 서는 목적의식적 정당과 그 당원을 지칭하는 말로도 쓰였다.

예술에서의 '아방가르드'는 끊임없이 미지의 문제와 대결함으로써 '지금까지의 예술개념을 일변시킬 수 있는 혁명적인 예술경향 또는 그 운동'을 의미한다. 즉, 아방가르드란 기성 예술의 관념이나 형식을 부정한 혁신적인 예술 운동을 통틀어 이르는 말이다. 아방가르드는 다다이즘, **미래주의**, 구성주의構成主義 등의 사조로 시작되어 이후 추상예술과 초현실주의로 전개되었다.

제1차 세계대전 중 러시아, 헝가리, 독일에서 일어난

사회주의 혁명에 자극 받아 각국에서 프롤레타리아 예술 운동이 전개되었는데, 이때 정치혁명과 예술혁명의 관계가 끊임없이 논의되면서 아방가르드 개념이 널리 퍼졌다.

한편 러시아 출신 화가 칸딘스키는 '예술가는 시대의 통념과 관계를 끊고 정신의 내적 필연성에 따름으로써 다음 시대를 창조해내는 사람'이라고 설명해 아방가르드 미술에 대해 선구적인 정의를 내렸다.

오늘날 아방가르드는 특정 유파나 운동에 그치지 않고 첨단적인 경향의 총칭으로 사용되고 있다.

# 052 미래주의
Futurism(未來主義)

20세기 초에 일어난 이탈리아의 전위예술 운동.

미래파라고도 한다. 1909년 이탈리아에서 태어나 프랑스에서 활동했던 시인이자 극작가 마리네티가 〈르 피가로Le Figaro〉지에 '미래주의 선언Manifeste de Futurisme'이라는 글을 발표하면서 시작되었다.

마리네티Marinetti는 이 선언을 통해 과거의 전통과 아카데미 주도의 공식에 반기를 들고 힘찬 움직임을 강조했다. 일부 건설적인 발상도 있었지만, '박물관과 도서관을 파괴할 것이며 도덕주의, 여성다움, 모든 공리주의적 비겁함에 대항해 싸울 것'이라고 주장함으로써 대중을 경악시켰다. 또한 정치적으로는 전쟁을 지지, 초기 파시즘과 제휴했다.

미래주의 선언이 있은 지 1년 후인 1910년 2월 마리네티의 선언에 자극을 받은 카를로 카라, 움베르토 보치오니, 지노 세베리니, 루이지 루솔로, 쟈코모 발라 등 다섯 명의 화가들이 '미래주의 회화기술 선언'을 발표하면서 미술 운동으로 전개되었다. 그리고 다시 2년 후인

1912년에는 '미래주의 제3선언'과 보초니에 의한 '미래주의 조각기술 선언'이 있었다. 이렇듯 초기 미래주의는 시각예술 분야에서 주도적으로 진행되었다. 그러다 카를로 카라Carlo Carrà에 의한 '음향·소음·냄새의 회화'(1913) 선언과 마리네티에 의한 '촉각주의'(1921) 선언으로 시각 외의 여러 감각에 호소하기 시작했다. 그 결과 미래주의는 문학과 연극, 그리고 음악에서도 진행되었다.

한편 마리네티는 연극에 있어서도 '미래주의 연극'을 주창하며 기계를 무대에 도입, 자유로운 공상 아래 현실보다 더욱 진실한 현실을 무대에 나타낼 것을 주장했다. 이는 종래의 부르주아 연극을 철저히 파괴하려고 하는 시도라 볼 수 있다. 마리네티의 시도는 이탈리아의 무대미술에도 커다란 영향을 주었다. 또한 비록 희곡 운동으로서는 실패하고 말았지만, 곧 이어 일어난 프랑스의 **다다이즘**, 독일의 표현주의 운동의 선구자 역할을 했다.

053 다다이즘
Dadaism

제1차 세계대전 말 유럽과 미국을 중심으로 일어난 예술 운동.

다다dada라고도 한다. 다다는 프랑스어로 어린이들이 타고 노는 목마木馬라는 말이지만, 다다이즘에서는 이를 '무의미한 의미'라는 뜻으로 사용한다. 조형예술뿐만 아니라 문학과 음악의 영역까지 널리 확장·사용되었다.

다다이즘은 스위스의 취리히에서 시작되었다. 1916년 2월 트리스탕 차라Tristan Tzara와 리하르트 휠젠베크Richard Huelsenbeck 등이 '과거의 모든 예술형식과 가치를 부정하고 비합리성·반도덕·비심미적非審美的인 것을 찬미'하면서 출발했다. 이후 잡지 〈다다〉가 발간되고 추상시와 음향시가 발표되는 등 취리히의 다다는 1920년까지 계속되었다.

독일에서의 다다이즘은 베를린, 하노버, 쾰른의 세 곳을 중심으로 진행되었다. 먼저 베를린의 다다이즘은 하우스만, 그로스, 메링 등과 여류인 헤히가 가담했는데, 취리히의 다다이즘과는 달리 혁명적 요소를 갖추고 있었다. 이는 베를린이 정치적 중심지인 것에 기인한다 하겠다. 그 결과 하우스만의 아상블뢰즈 assambleuse와 두 장 이상의 사진을 붙이고 중복인화와 중복노출 등으로 새로운 시각효과를 노린 헤히의 포토몽타주, 그로스의 《이 사람을 보라》와 같은 작품들이 탄생했다.

《이 사람을 보라》 초판 표지

그중 《이 사람을 보라Ecce Homo》(1923)는 반전反戰 시리즈로서 제1차 세계대전 중 군부에 대한 풍자, 전후의 황폐, 그리고 권력자로 변한 사회 상층계급에 대한 공격을 내포하는 한편 무산계급의 옹호를 특색으로 한 소묘집素描集이다. 베를린의 다다이즘은 1918년에 시작되어 1933년까지 계속되었다.

수록 작품들

하노버의 다다이즘을 이끈 쿠르트 슈비터스Kurt Schwitters는 1923년에서 1932년까지 잡지 〈메르츠Merz〉를 간행하며 〈메르츠 바우〉와 같은 작품

을 제작했다. 〈메르츠 바우Merz bau〉는 길에서 주운 널조
각과 잡동사니를 이용해 만든 기둥으로 조각에 콜라주
collage 기법을 최초로 사용했다는 데 의의가 있다.

콜라주는 다다이즘에서 가장 강력하게 내세운 표현
기법으로 이전 **입체파**에서 사용한 신문지, 우표 등의 소
재에서 벗어나 철사, 성냥개비, 화폐 등으로 그 영역을
확대시켰다.

쾰른의 다다이즘을 이끈 인물은 에른스트와 바르겔트
였다. 잡지 〈선풍기扇風機〉의 창간자이기도 한 바르겔트
는 에른스트와의 공동 제작을 시도하기도 했다. 초현실
주의자이기도 했던 에른스트는 콜라주 기법을 주로 사
용, 1920년 파리에서 콜라주전展을 열어 이전의 회화 개
념에 일대 혁신을 가져왔다.

뉴욕에서의 다다이즘은 취리히의 다다이즘과 성격이
비슷했다. 1913년 사진과 회화의 모던 아트전인 '아모
리 쇼Armory Show'에 출품된 뒤샹의 〈계단을 내려가는 누
드〉는 그 역동성으로 인해 미국 전람회 역사상 보기 드
문 스캔들을 불러일으켰다. 또한 그의 〈샘〉이란 작품은
레이의 〈선물〉과 함께 미국 다다이즘의 상징적 작품이
되었다. 이후 미국의 다다이즘은 H. 리히터에 의해 실험
영화로까지 그 영역을 확대했다.

다다이즘은 제2차 세계대전 후 '네오다다'라는 명칭으

로 부활되었다. 전후에 고조되고 있던 '기계문명에 의한 인간소외'가 그 이유였다. 네오다다이즘의 대표적인 인물로는 리히텐슈타인, 로젠버그 등이 있다.

〈계단을 내려가는 누드Nu descendant un escalier〉(1912)
뒤샹Marcel Duchamp 작품

〈샘Fountain〉(1917)
뒤샹 작품

〈선물 Le Cadeau〉(1921)
레이Man Ray 작품

## 054

# 입체파
Cubism(立體派)

20세기 초 야수파의 색채주의에 대한 반동으로 일어난 미술 운동.

입체주의라고도 한다. 입체주의는 그 뿌리를 인상파에 두고 야수파나 표현주의자들의 색채주의에 대항하여 일어났다. 회화에서 시작되었고 건축, 조각, 공예 등으로 퍼지면서 국제적인 운동으로 확대되었다.

가까운 원류는 자연의 재구성을 주장한 세잔이라 할 수 있지만, 역사를 거슬러 올라가면 이탈리아 르네상스를 이끌었던 원근법의 대가 **우첼로**와 프란체스카에게서도 입체파의 경향을 발견할 수 있다. 그러나 근대적 의미의 입체파 선구자는 루카 칸비아노, 프라체리, 독일의 뒤러 등이라 할 수 있다.

본격적인 입체파는 1907년 이후 파리에서 시작되었는데, 그 중심에는 파블로 피카소와 조르주 브라크가 있었다. 이들은 원근법, 단축법, 모델링, 명암법 등의 전통적 기법을 거부한 동시에 자연을 예술의 근거로 삼되 형태와 질감 및 색채와 공간을 그대로 모방하기를 거부했다. 대상을 철저히 분해·분석해 여러 측면을 동시에 묘사함으로써 새로운 시각을 제시했다.

입체파라는 용어를 처음 쓴 사람은 앙리 마티스와 비평가인 보셀이었다. 이들은 1908년 브라크가 그린 〈레스타크의 집〉을 본 후 '입방체로 이루어진 그림'이라면서 조롱했다.

〈레스타크의 집〉을 보면 집의 양감, 나무의 원통 형태, 황갈색과 초록색의 색채에 있어서 입체파 화가에게 많은 영감을 준 세잔의 풍경화를 연상시킨다. 그러나 이 작품에 직접적으로 영향을 끼친 작품은 색채를 통해 원근을 표현한 피카소의 〈아비뇽의 아가씨들〉(1907)이었다.

1910년부터 1912년까지는 '분석적 입체파' 시대라고 할 수 있는데, 이때 작품들은 피카소의 〈만돌린을 켜는 소녀〉(1910)처럼 직각과 직선 구도를 많이 써서 평면의 그림이 조각처럼 입체적으로 보이게 하는 경우가 많았다. 또한 그림을 보는 사람이 형태 자체의 구조에 집중할 수 있도록 색채를 제한, 단색조의 경향을 보이면서 그림 자체가 위로 상승하는 듯한 효과를 나타나게 했다.

입체파 화가들은 그림 소재로 악기, 병, 주전자, 유리잔, 신문 등의 정물과 인물 초상 및 인체를 주로 다뤘다. 1912년 이후 전개된 종합적 입체파 시대에서도 소재에 대한 그들의 관심은 계속되었다.

종합적 입체파 시대의 화가들은 형태에 있어서는 분절적 · 평면적인 특징을 유지하는 한편 색채의 역할을 강조했고, 또 실제 신문이나 담뱃갑 같은 비회화적 요소를 화면에 도입하는 콜라주 기법을 사용해 질감의 차이를 강조함으로써 현실과 환영의 문제를 제기하기도 했다.

입체파를 피카소나 브라크로부터 더욱 발전시킨 인물로는 페르낭 레제, 로베르 들로네, 소니아 들로네, 후안 그리스, 마르셀 뒤샹, 알베르 글레즈 등이 있다.

입체파는 그 영역을 주로 회화로 하고 있었지만, 20세기 조각과 건축에도 깊은 영향을 끼쳤다. 조각에서의 입체파로는 알렉산드르 아르키펭코, 레몽 뒤샹 비용, 자크 립시츠 등이 있고, 건축에서의 입체파로는 입체파의 미학을 주택설계에 반영한 르 코르뷔지에가 있다.

〈레스타크의 집Maisons àl' Estaque〉(1908), 브라크 작품

〈만돌린을 켜는 소녀Jeune Fille a la Mandoline〉(1910), 피카소 작품

파올로 우첼로

055

Paolo Uccello

르네상스 초기의 화가(1397.?.?~1475.12.10).

이탈리아 피렌체에서 태어났다. 초기에는 조각가 기베르티의 조수로서 조각을 하다가 1415년에 화가로 등록되었다. 그 후 10년가량의 행적은 전하는 바가 없어 알 수 없으나 이후의 행적으로 미루어 당시 유행했던 '국제고딕양식'에 심취해 있었던 것으로 추측된다. 우첼로에 대한 기록은 1425년에 다시 등장한다. 바로 베네치아의 산마르코 성당의 모자이크 작업자로서 작품을 완성했다는 기록이 그것이다. 그 후 그는 1430년경에 다시 피렌체로 돌아왔다.

1430년경 3차원을 나타내기 위해 사용한 마사치오Masaccio의 원근법으로 인해 시작된 피렌체 화단의 변화는 우첼로에게도 그대로 전해졌고, 그 결과는 1436년 피렌체 성당의 벽화 〈존 포크우드 장군 기마상〉으로 탄생되었다. 또한 공상적인 구상과 곡선적인 수법이 돋보이는 〈성 게오르기우스와 용〉을 완성함으로써 **국제고딕양식**의 형식들을 하나씩 발전시켜 나갔다.

한편 우첼로에 관한 일화 중에는 자고 먹는 것을 잊을 정도로 투시도법의 기하학적 연구에 몰두했다는 이야기가 있다. 산타 마리아노 벨라 성당의 회랑回廊 벽화 〈노아의 홍수〉 화면 전체가 투시도법으로 채워져 있는 것이 그 증거라 하겠다. 이는 메디치 왕궁의 방을 장식한 3연작 〈산 로마노의 대승〉의 부분적인 투시도법을 보다 발전시킨 형태라 할 수 있다.

우첼로는 기하학과 투시도법에 지나치게 몰두한 나머지 원근을 부드럽게 묘사하지도, 사실감을 표현하지도

〈존 포크우드 장군 기마상Funerary Monument to Sir John Hawkwood〉(1436)

못했지만, 그의 기하학적인 회화는 우첼로를 최고의 미술가로 평가하는 근거로 부족함이 없다. 우첼로 만년의 작품으로는 〈성병聖餠의 모독〉과 〈밤의 수렵狩獵〉 등이 있다.

〈성 게오르기우스와 용Saint George and the Dragon〉(1470)

〈노아의 홍수Noah's ark〉(1446~1448)

## 056

국제고딕양식
Style Gothique International

14세기 후반부터 15세기 초 유럽에 나타난 미술 양식. 국제고딕양식은 이미 절정기였던 고딕 양식의 고정된 양식에 대항하기 위해 마니에리스모극한의 세련과 기교를 추구한 양식에 입각한 양식을 형성화하자는 목적 아래 각 지역의 미술이 서로 영향을 주고받으면서 이루어졌다.

1400년 중엽 프랑스 궁정에 모여든 플랑드르 화가들과 아비뇽에서 활약한 화가들, 그리고 프라하의 카렐 황제의 궁정에서 활약한 예술가들의 국제적인 교류가 자극이 되어 성립되었다. 각지에서 싹트고 있던 자연에 대한 세부 묘사에의 관심이 원인으로 작용, 동식물 및 풍속 묘사에서 정교하고 치밀한 관찰력을 보이면서 전체적으로 우아한 후기 고딕 궁정을 장식하는 데 이용되었다. 미술 중에서도 회화를 중심으로 진행되었지만 모자이크, 태피스트리, 칠보세공, 자수, 스테인드글라스 등에서도 공통적으로 나타났다.

대표적인 예술가로는 프랑코 플라망 화파의 **랭부르 형제**, 이탈리아의 피사넬로, 에스파냐의 루이스 보라사,

독일의 마이스터 프랑케, 보헤미아 비팅가우 제단의 화가들이 있었다. 이들의 작품들은 모두 지역적 개성과 함께 곡선적이고 리드미컬한 조형, 평면적인 구성 등을 특징으로 한다.

국제고딕양식이 잘 표현된 〈수태고지Annunciation〉(1333)
시모니 마르티니Simone Martini 작품

랭부르 형제

Frères Limbourg

네덜란드 출신의 형제 화가들.

폴Pol, 에르망Herman, 제느캉 데 랭부르Jehanequin de Limbourg의 3형제를 가리킨다. 15세기 플랑드르의 세밀화를 주도했다. 세 사람 모두 생몰연도가 정확하지 않고 생애에 대해 알려진 것도 그리 많지 않다. 다만 조각가였던 아버지를 여읜 뒤 부르고뉴공☆의 궁정 화가였던 백부의 보호 아래 자랐다고 한다.

에르망과 제느캉은 1399년 파리에서 금공예사 수업을 받았고, 1402년부터는 3형제 모두가 부르고뉴공☆의 궁정에서 장식 일을 했다. 그리고 8년 후에 베리공☆의 궁정 화가가 되었다.

이들의 작품은 선인들의 기법을 답습하면서 **주지주의**와 이상주의의 입장에서 머릿속에 구축한 미의 이념을 의도적으로 표현하기 위해 마니에리스모적 양식을 일부 수용했다. 또 이탈리아 회화의 영향과 북방풍의 자연관찰을 융합시켰다.

특히 이들은 풍경 묘사에 탁월했다. 무대처럼 전경前

景, 중경中景, 원경遠景을 평행으로 그려 원근법적 환상을 주는 독특한 수법을 사용했는데, 우첼로에 의해 계승되어 이탈리아 회화의 원근법으로 재탄생되었다. 또한 원경 속에 루브르, 소뮈르 등 프랑스 각지의 성城을 자세히 묘사해 넣음으로써, 그리고 파종·수확·수렵 등의 노동 풍경을 묘사함으로써 이들의 작품은 당시의 풍습 등을 확인할 수 있는 귀중한 자료로 활용되고 있다.

작품으로는 《아름다운 기도서》(1403~1413)와 《지극히 호화로운 베리공의 기도서Les Très Riches Heures du duc de Berry》(1415~1416) 두 작품만이 전하고 있다. 그중 후자는 이들 형제가 모두 1416년에 유행병에 걸려 차례로 죽는 바람에 완성되지 못하고 있다가 1485년 장 콜롱브 드 부르제에 의해 완성되었는데, 15세기 프랑스 회화 중에서도 뛰어난 걸작으로 꼽힌다.

《지극히 호화로운 베리공의 기도서》의 일부

058 주지주의
Intellectualism(主知主義)

이성이 의지·감정보다 우위에 있다고 보는 철학적 입장.

인간의 마음이 지성, 감정, 의지로 구성되어 있다고 보고, 그중에서 지성이 지니는 기능을 감정이나 의지의 기능보다도 상위에 있다고 보는 입장이다. 감정을 상위에 두는 주정주의主情主義와 의지를 상위에 두는 주의주의主意主義와 대립된다.

주지주의는 감정을 배제하고 냉정한 지성적 통찰과 숙고에 입각해 의지를 규정해야 한다는 입장을 취하고 있어 있는 그대로의 감정이나 의지의 작용을 중요시하는 비합리주의와 대립된다.

중세 스콜라 철학자 중 지성의 우위를 주장한 토마스 아퀴나스가 대표적인 주지주의자다. 아리스토텔레스의 그리스 철학과 스피노자와 헤겔의 범논리주의汎論理主義도 주지주의의 한 갈래로 볼 수 있다. 또 인식이 지성에 의해서 생긴다고 보는 합리론合理論도 넓은 의미에서 주지주의라고 볼 수 있다.

20세기 문학에서 주지주의는 모더니즘의 하위 개념이자 주정주의에 대립하는 개념으로 사용되었는데, 토머스 어니스트 흄의 신고전주의가 대표적이다. 이후 파운드에 의해 이미지즘 운동으로 발전되었다.

한국에서의 주지주의는 1930년대에 활동한 **김기림**, 정지용, 이양하, 최재서 등에 의해 시작되었고 김광균, 김현승 등에 의해 발전했다.

주지주의 대표 문인 정지용

김기림

金起林

한국의 시인, 문학평론가(1908.5.11~?).

함경북도 학성군에서 태어났다. 본명은 김인손金仁孫이고, 필명은 편석촌片石村이다. 1921년 보성고등보통학교에 입학했으나 이내 중퇴하고 일본 릿쿄立教 중학에 편입했고, 1926년에는 니혼日本 대학 문학예술과에 입학했다. 1930년 졸업 후 곧바로 귀국한 김기림은 같은 해 4월 〈조선일보〉 기자로 근무하면서 문단에 등단해 시 창작과 비평에 주력했지만 다음 해 귀향해 '무곡원武谷園'이라는 과수원을 경영했다.

1933년 이태준, 정지용, 이무영, 이효석 등과 함께 구인회를 조직해 I. A. 리처즈의 주지주의에 근거한 모더니즘 시 이론을 세우고 시작 활동을 했다. 그러다 1936년 갑자기 일본으로 가 센다이仙臺에 있는 도호쿠 대학東北大學에 입학, 영문학을 전공한 후 1939년 졸업과 함께 귀국해 다시 〈조선일보〉의 기자로 일했다. 한편 1942년에는 경성중학교에서 영어를 가르치기도 하는데, 훗날 시인이 되는 김규동도 이때 그의 제자 중 한 명이었다.

8 · 15 광복 이후 가족과 함께 월남해 중앙대학교와 연세대학교의 강사에 이어 서울대학교 조교수를 지냈고, 신문화연구소장 등을 역임했다. 1946년 2월 8일에 열린 제1회 조선문학자 대회에서 '조선 시에 관한 보고와 금후의 방향'이란

**1934년 신석정(우측)과
함께 찍은 사진**

제목으로 연설을 했고, 같은 해 임화 · 김남천 · 이태준 등과 함께 조선문학가동맹에 참여, 시부위원회詩部委員會 위원장을 맡아 정치주의적인 시를 주장했다. 한국전쟁 때 납북되어 1988년에 죽은 것으로 알려져 있다.

김기림은 첫 시집 《기상도氣象圖》(1936)를 통해 주지적인 성격, 회화적 이미지, 문명 비판적 의식 등 현대시의 본질을 보여주었고, 두 번째 시집 《태양太陽의 풍속風俗》(1939)을 통해서는 **이미지즘**에 치중하는 면모를 보였다.

그 외에도 《바다와 나비》(1946), 《새노래》(1948) 등의 시집과 《문학개론》(1946), 《시론》(1947), 《시의 이해》(1949) 등의 저서를 남겼다. 그가 납북된 이후인 1988년에는 남한에서 《김기림 전집》이 간행되었다.

060 이미지즘
Imagism

1910년대에 영국과 미국에서 전개된 반反낭만주의 시
운동.

사상주의寫像主義라고도 한다. 영국의 철학자이며 비평
가인 토머스 어니스트 흄이 처음으로 제창했고, 흄의 예
술론에서 암시를 얻은 파운드가 '이미지즘'이란 말을 착
안해냈다.

이후 1913년에는 프랭크 스튜어트 플린트Frank Stuart
Flint가 〈포에트리Peotry〉지에 '이미지즘'이라는 글을, **파운
드**가 '이미지즘의 몇 가지 금지 항목'이라는 글을 발표한
데 이어서 그 다음 해에 《이미지즘 시인詩人》이란 제목
의 시화집詩華集이 간행되면서 정착되었다.

또한 1915년에는 플린트가 〈에고이스트Egoist〉지에 게
재한 '이미지즘의 역사'의 발표와 미국의 여류시인 에이
미 로웰Amy Rowell이 편집한 《이미지즘 시인들》이라는 시
화집의 간행으로 본격화되었다.

이미지즘 운동의 목표는 다음과 같다.

첫째, 일상어의 사용.

둘째, 새로운 리듬의 창조.

셋째, 제재의 자유로운 선택.

넷째, 명확한 이미지 제공.

다섯 째, 집중적 표현 존중.

즉, 이미지즘은 영국과 미국에서 전개된 최초의 자유시 및 구어시口語詩 운동이었다.

이미지즘은 엄밀히 말하면 프랑스의 상징주의를 계승한 것이라 할 수 있다. 하지만 그리스 · 로마의 단시短詩와 중국 시와 일본의 시로부터도 영향을 받았다.

에즈라 루미스 파운드
Ezra Loomis Pound

## 061

미국의 시인(1885.10.30~1972.11.1).

아이다호 주 헤일리에서 태어났다. 열다섯 살 때 펜실베이니아 대학에 입학, 2년 후 해밀턴 칼리지로 옮겨 열아홉 살 때 철학박사 학위를 받았고, 다음 해 펜실베이니아 대학으로 돌아와 로망스어 학위를 취득했다. 이후 그는 윌리엄 칼로스 윌리엄스William Carlos Williams와 힐다 둘리틀Hilda Doolittle이라는 당대 유명 시인과 교류하면서 1년간 인디애나 주의 워배쉬 칼리지에서 교편을 잡았다.

1909년 스물두 살 때 유럽으로 건너가 베네치아에 체류하다가 런던에 자리를 잡은 후 신문학 운동을 이끌었다. 이때 그에 의해 소개된 인물이 **엘리엇**과 조이스 등이다. 1920년 프랑스 파리로 자리를 옮긴 파운드는 현대 예술 전반에 혁명을 불러일으키고 있던 예술가, 음악가, 작가 클럽에서 활동하는 한편 연작 장편시 《캔토스The Cantos》에 자신의 정치·경제의식을 반영하는 데 주력했다.

《캔토스》는 엘리엇의 《황무지The Waste Land》(1922)처럼 신화적 방법을 이용해 자유롭게 과거와 현재를 동시에 구사한 작품이다. 단테의 《신곡》을 모방해 현대판 '신곡'을 쓰기로 결심한 것이 동기였다고 한다. 지옥편력에서 시작해 고대 그리스와 르네상스의 이탈리아, 건국 시기의 미국, 그리고 현대의 파시스트 정권 하의 이탈리아 등 각 시대의 문화를 찾아 방랑하는 내용의 서사시다. 1925년 16편의 초고草稿를 시작해 1970년에 완성했다. 이 작품을 통해 파운드는 이미지와 에피소드를 중첩시켜 나가는 몽타주적인 작법을 선보임으로써 현대시에 새로운 가능성을 제시했다.

연작 중 하나인 〈피산 캔토스The Pisan Cantos〉(1948)는 파운드에게 미국 시 분야에서 업적을 이룬 시인에게 주는 상인 볼링겐상Bollingen Prize의 첫 수상자라는 영예를 안겨주었다.

그 외 시집으로는 《가면Personae》(1909), 《휴 셀윈 모벌리Hugh Selwyn Mauberley》(1920)가 있다.

한편 파운드는 번역가로서도 활발한 활동을 했다. 로마의 시인 프로페르티우스 외에도 중국 시인 이백李白

시를 영역英譯했다. 또한 동서 문학에 관한 깊은 조예를 바탕으로 《문학안내》(1931), 《문화로의 길잡이》(1938) 등을 저술하기도 했다.

제2차 세계대전 중 반미활동 혐의를 받아 오랫동안 정신병원에 연금되었다가 시인들의 석방운동으로 1960년 석방, 이후 이탈리아에서 살았다.

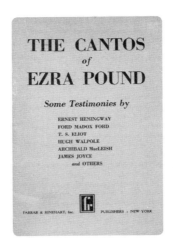

《캔토스The Cantos》 초판 표지

토머스 스턴스 엘리엇

## 062

Thomas Stearns Eliot

미국계 영국 시인, 문학비평가(1888.9.26~1965.1.4).

미국 미주리 주의 세인트루이스에서 태어났다. 벽돌 회사를 운영하는 성공한 사업가였던 아버지 덕분에 유복하게 지냈고, 시인이자 사회운동가였던 어머니 영향으로 문학적인 소양을 일찍부터 키울 수 있었다.

1898년에서 1905년까지 스미스 아카데미에서 라틴 어와 고대 그리스어, 프랑스어, 독일어를 배웠다. 열네 살 때부터 습작을 시작해 열다섯 살 때 수업시간에 최초의 시를 썼다. 이때 쓴 그의 최초의 시는 훗날 하버드 대학교의 학생 잡지에 실렸다.

스미스 아카데미를 졸업한 후 훗날 《황무지》를 출판한 스콧필드 세이어Scofield Thayer를 만나게 되는 매사추세츠 주의 '밀턴 아카데미'에 입학했고, 이어서 1906년에는 하버드 대학에 입학해 철학을 공부했다. 이때 그는 아서 시먼스Arthur Symons가 쓴 《시에서의 상징주의 운동 The Symbolist Movement in Poetry》(1899)을 통해 랭보나 발레리에 대해 알게 된다.

1909년에 학사 학위를 받고 졸업한 엘리엇은 유럽과 미국을 오가며 연구 활동을 하다가 파리 대학, 마르부르크 대학, 옥스퍼드 대학에 갔다. 한편 1914년 파운드를 만난 엘리엇은 그의 도움으로 **조이스**와 함께 영국 시단에 소개되었다. 이후 《프루프록 및 그 밖의 관찰Prufrock and Other Observation》(1917)이라는 시집을 발표했고, 1922년에는 영국 형이상학 시와 프랑스 상징주의 시의 영향 아래 현대 문명의 퇴폐성을 그린 시 〈황무지〉를 발표해 젊은 시인들에게 큰 영향을 끼쳤다.

1927년에는 아예 영국으로 귀화했고, 후에는 그리스도의 신성神性을 부정하고 하느님의 신성만을 인정하는 교파인 유니테리언Unitarian에서 성공회로 개종까지 했다.

그는 시인 외에도 극작가로도 활동, 운문으로 쓰인 〈스위니 아고니스티이즈〉(1926~27), 〈바위〉(1934) 〈사원

의 살인〉(1935), 〈가족재회〉(1939), 〈칵테일 파티〉(1949), 〈비서〉(1953), 〈노정치가老政治家〉(1958) 등의 희곡을 발표했다. 그가 쓴 희곡은 대부분 종교극이거나 희극이었는데, 이는 인간의 구제를 궁극적인 목적으로 삼고 있었던 데 기인한다.

그 외에도 〈J. 알프레드 프루프록의 연가The Love Song of J. Alfred Prufrock〉(1915), 〈네 개의 4중주Four Quartets〉(1943) 등 20세기 모더니즘에서 아주 중요한 위치를 차지하는 작품들을 발표했고, 그 공로를 인정받아 1948년에는 노벨 문학상까지 수상했다.

한편 엘리엇이 어린이를 위해 쓴 시 〈노련한 고양이에 관한 늙은 주머니쥐의 책Old Possum's Book of Practical Cat〉은 엘리엇의 사후 영국 출신의 작곡가 앤드루 로이드 웨버에 의해 뮤지컬 〈캐츠Cats〉로 재탄생되었다.

《황무지》 초판 표지

뮤지컬 〈캐츠Cats〉

고양이를 주인공으로 인간의 속성을 우화적으로 그린 뮤지컬.
브로드웨이 4대 뮤지컬 중의 하나다. T. S. 엘리엇이 어린이를 위해 쓴
시 〈노련한 고양이에 관한 늙은 주머니쥐의 책Old Possum's Book of
Practical Cat〉을 원작으로 해 대본을 만들었다. 여기에 앤드루 로이드 웨
버Andrew L. Webber의 작곡과 트레버 넌Trevor Nunn의 연출, 질리언
린Gillian Lynne의 안무가 결합되어 뮤지컬로 탄생되었다. 1981년에 영
국 런던에서 초연되었고, 브로드웨이에서는 다음 해인 1982년에 공연되
었다.
엘리엇의 상상력을 바탕으로 인간 구원이라는 주제를 표현한 작품이다.
잡동사니 쓰레기더미로 꾸며진 무대에 등장하는 40여 마리의 인간 고양
이들의 특수분장을 통해 시청각적 이미지를 극대화함으로써 현대 공연
연출과 미술에 공헌하기도 했다. 1983년 미국의 토니상 7개 부문을 석권
했다.
우리나라에서는 1990년 영국 뮤지컬 팀이 내한해 초연했다.

## 063

제임스 오거스틴 앨로이시어스 조이스

James Augustine Aloysius Joyce

아일랜드 소설가, 시인(1882.2.2~1941.1.13).

20세기 문학에 커다란 변혁을 초래한 작가로 37년간 지속된 망명 생활 속에서 조국 아일랜드와 고향 더블린을 소재로 한 작품을 많이 썼다.

아일랜드 더블린에서 태어났다. 정치적 관심은 높지만 사회·경제적 지위가 낮았던 아버지와 독실한 가톨릭 신자인 어머니의 장남으로 가톨릭 신앙 아래에서 성장했다. 예수회 계통의 학교에 이어 유니버시티 칼리지를 졸업한 조이스는 그리스어, 라틴어, 프랑스어, 이탈리아어, 독일어 등 외국어에 통달했을 뿐만 아니라 일찍부터 입센, 셰익스피어, 단테, 플로베르 등의 작품을 탐독했다. 또한 아리스토텔레스, 토마스 아퀴나스 등의 철학을 접했다.

조이스는 아일랜드의 문예부흥이 일어나자 이에 반발, 1904년 졸업과 동시에 파리로 갔다.

이는 37년에 걸친 망명 생활의 시작이었다. 그는 영어 교사로 일하면서 러시아의 폴라, 이탈리아의 트리에스테 등지에서 살았는데 1907년에는 연애시를 모은 시집 《실내악Chamber Music》을, 1914년에는 단편집 《더블린 사람들Dubliners》을 출간했다.

제1차 세계대전(1914)이 발발하자 취리히로 피난한 조이스는 1914년부터 2년 동안 〈에고이스트〉지에 연재했던 자전적 소설 《젊은 예술가의 초상A Portrait of the Artist as a Young Man》(1917)을 출간해 '의식의 흐름'에 따른 심리 묘사로 크게 주목 받았고, 3막의 희곡 〈유인流人〉(1918)을 출간하는 한편 1918년부터는 소설 《율리시스Ulysses》의 일부를 미국 잡지 〈리틀 리뷰Little review〉에 발표해 자신의 존재를 세계에 알렸다.

1920년부터 파리로 옮겨 생활한 조이스는 1922년 파리에서 대본업을 하던 미국 여성 실비아 비치의 도움으로 《율리시스》를 간행하게 되면서 명성이 더욱 높아졌다. 《율리시스》에 대한 평은 호평과 혹평이 엇갈렸으나 그의 문학적 재능에 대해서는 하나같이 높이 평가했다. 그 결과 그의 작품은 독일어와 프랑스어로 번역되었을 뿐만 아니라 작품에 대한 연구 해설서도 잇달아 출간되었다.

또한 제2차 세계대전 발발 직전에 발표한 《피네간의

경야《Finnegan's Wake》(1939)는 《율리시스》에서 사용된 '의식의 흐름'의 수법이 종횡으로 구사되었다는 점에서 진일보한 작품으로 평가 받았다. 그러나 제2차 세계대전 중 독일군이 파리를 점령했을 때 취리히로 가다가 병을 얻어 사망함으로써 그의 마지막 작품이 되고 말았다.

조이스는 유럽 여러 나라를 전전하며 빈곤과 고독과 눈병 속에서 살았다. 그러나 그 와중에도 문학작품의 집필을 멈추지 않았다. 또한 장편소설에서 실험적인 언어를 사용한 점, 새로운 문학양식을 개척한 점, 그리고 **예술지상주의**를 신봉하는 최후의 시인적 작가였다는 점에서 주목할 만한 인물이다.

조이스의 친필 서명

## 064

예술지상주의
Art for Art's Sake(藝術至上主義)

예술은 예술 그 자체를 목적으로 한다는 주장.

프랑스의 시인이자 비평가였던 테오필 고티에Théophile Gautier가 주장한 예술이론이다. 고티에는 자신의 장편소설 《모팽 양Mademoiselle de Maupin》의 서문에서 "무용無用한 것만이 아름답고 유용有用한 것은 모두 추악하다"고 했다. 또 동시대의 철학자 빅토르 쿠쟁Victor Cousin은 다른 말로 '예술을 위한 예술'이라고 했고, 그 상대되는 개념으로는 '인생을 위한 예술'을 들었다.

예술지상주의는 '예술의 목적은 오로지 예술 자체 및 미美에 있다'고 주장한다. 따라서 도덕적·사회적 또는 그 밖의 모든 효용성을 배제했다. 즉, 예술의 자율성과 무상성無償性을 강조한 것이다. 미국에서도 에드거 앨런 포가 같은 주장을 했다. 이들의 예술지상주의는 이후 관능미를 추구하는 유미주의唯美主義, 퇴폐나 괴기한 데에서 아름다움을 추구한 악마주의, 상징주의, 고답파, 데카당스 등 여러 유파를 낳았다.

대표적인 인물로는 프랑스의 보들레르와 플로베르,

이탈리아의 다눈치오 등이 있다. 영국의 예술지상주의 문인으로는 로세티, 스윈번, 페이터, 와일드, 시먼스 등을 꼽을 수 있다.

우리나라에서는 계몽주의에 반대하고 **순수문학** 운동을 전개한 김동인과 이광수 등에 의해 1919년 시작되었다. 이후 우리나라의 예술지상주의는 1930년대의 프로문학에 대항한 순수문학 운동을 거쳐 여러 형태로 발전했다.

귀스타프 플로베르
Gustave Flaubert

가브리엘레 다눈치오
Gabriele D'Annunzio

아서 시먼스
Arthur Symons

예술지상주의를 이끈 문인들

순수문학

065

Diereine Literatur(純粹文學)

예술로서의 작품 자체에 목적을 둔 문학.

순수성을 추구하는 문학이라고 해서 순문학이라고도 한다. 문학은 현실과 시대의 상황과는 무관해야 한다는 주장을 내세웠다. 따라서 도구성道具性, 이념성理念性, 목적성目的性을 가지고 문학을 하는 것에 반대하고 자율성, 자동성自動性, 즉자성卽自性을 가진 문학을 옹호했다. 또한 순수문학은 통속문학이나 상업주의문학으로부터 문학정신을 지키겠다는 의지로 표현되기도 했다.

순수문학은 우리나라 문단에 있어서 서양보다 훨씬 복잡하게 전개되었는데, 각 시대별로 구분해보면 다음과 같다.

먼저 일제 강점기 하에서의 순수문학은 급진 사조와 사실주의에 따른 문학에 대립해 현실과 동떨어진 문학을 지향했고, 광복 이후에는 카프 문학에 반대해 이데올로기로부터의 독립을 주장하며 문학의 순수성을 강조했다.

또한 한국전쟁 이후 1960년대 군부독재 시절에는 참여문학에 반대하거나 이를 부정하는 형태로 진행되었다. 이때 대표적인 인물로는 평론가 김병걸과 임중빈, 《불꽃》의 선우휘, 《닳아지는 살들》의 이호철, 《시여, 침을 뱉어라》의 김수영 등이 있다.

순수문학은 1970년대 들어와서는 민중문학, 시민문학, 리얼리즘 문학, 심지어 민족문학과도 다른 지향점을 가지게 되었다. 하지만 1980년대에 **프롤레타리아 문학**이라고도 하는 민중문학이 확산됨에 따라 설 자리를 잃게 되었다.

한국문학사 속에서 순수문학은 시대를 초월한 사조나 문학운동이기보다는 시대에 따라 의미를 조금씩 달리한 문학 개념에 가깝다.

김환태

이원조

1930년대 순수문학 논쟁을 이끌었던 문인들

프롤레타리아 문학
Proletarian Literature

066

사회주의적 현실 변혁의 실천운동 속에 위치하는 문학. 마르크스주의 미학에 입각해 사회주의의 이념을 선전하거나 사회주의 사회 건설을 위하여 투쟁하는 인간을 형상화한 문학을 말한다.

17~18세기 서구 리얼리즘 문학의 현실인식 방법에서 시작되었다. 19세기 혁명 문학을 계승하여 리얼리즘 문학계열의 한 축을 형성했으며, 1930년대 중반 이후 사회주의 리얼리즘 문학으로 정착했다. 그러나 엄밀하게 말하면 프롤레타리아에 의한 혁명적 문학을 말하는데, 이는 1920년대부터 1930년대에 국제공산당 코민테른 Comintern을 중심으로 고양된 프롤레타리아 혁명의 영향 아래에서 급격히 성장·발전했다.

우리나라에서 프롤레타리아에 의한 현실 변혁이라는 관점을 문학을 통해 본격적으로 드러낸 것은 조선프롤레타리아예술동맹KAPF이다. 그 선구자는 《낙동강》(1927)의 조명희趙明熙로 볼 수 있다. 그러나 그 시작은 1919년 3·1 운동 이후 최서해, 박영희 등이 당시 사회·역사적 상황을 바탕으로 성립한 '**신경향파문학**'에 있다. 현실인식과 계급인식에 있어서 추상적 차원에서 벗어나지 못한 신경향파가 1925년 8월 결성된 KAPF에 의해 사회운동과 유기적 연관을 가지게 됨으로써 프롤레타리아 문학의 조직적 운동이 가능하게 된 것이다.

이후 KAPF를 중심으로 전개된 프롤레타리아 문학은 '내용이냐, 형식이냐'를 놓고 논쟁했으며, 문학에서의 당파성을 중시했다. 그러나 정치적 당파성을 미학적 범주로 포괄하지 못한 탓에 문학으로의 이념 표현보다는 작가를 마르크스주의의 철학적 세계관으로 무장시키는 방향으로 나아갔고, 더불어 창작에 있어서 고정화 · 도식화 경향을 낳았다.

그러나 우리나라의 프롤레타리아 문학은 1935년 일제의 정치적 탄압으로 KAPF가 해체되면서 주춤했다가 10여 년이 지난 광복 직전 '진보적 리얼리즘'으로 다시 출현했다. 오늘날에는 민족 · 민중문학으로 그 명맥을 잇고 있다.

## 067

신경향파문학
Tendency Literature(新傾向派文學)

1920년대 초 일제 강점기에 등장한 사회주의 경향의 문학.

백조파의 감상적 낭만주의, 창조파의 **자연주의** 등의 이전 문학 경향을 부정하면서 시작되었다.

경향은 광의로는 신념, 주의, 이상, 사조 등을 지향하는 것이고 협의로는 사회주의사상 쪽으로 기울어진 상태를 뜻하는데, 1920년대 우리나라 문단에 등장한 신경향파문학에서의 경향은 광의의 것이고 경향문학이라고 할 때의 경향은 협의의 것이다.

한국 문단에 '경향'이란 용어를 처음 소개한 사람은 1920년대 전반기의 박영희朴英熙다. 그는 신경향파문학이란 용어를 '사회주의 색채를 띤 문학이라는 뜻'과 '새로운 사조의 문학'이라는 뜻을 섞어서 사용하다가 몇 년 뒤인 1925년 〈개벽〉지에 '신경향파문학과 그 문단적 지위'라는 글을 발표하면서 경향에 대해 구체적인 정의를 내렸다.

박영희는 신경향파문학을 빈궁과 고뇌의 생활상을 자

연주의적 수법으로 그려내는 문학이라고 하면서 허무적 · 절망적 · 개인적인 특징을 가진다고 했다. 또한 무산자문학은 그런 사람들에게 투쟁의식과 반항의식을 심어주는 것으로서 성장적 · 집단적 · 사회적인 특징을 가진 문학이라고 했다. 그러므로 신경향파문학에서 무산자문학으로 발전해나가야 한다고 역설했다.

백철 역시 신경향파문학이 프로문학으로 전환하게 된 계기를 카프 결성에서 찾았다. 카프에 가담해 활동하던 문인들 역시 신경향파문학의 지향점이 프로문학임을 한목소리로 주장했다. 실제로 1920년대 후반기에 들어서면서 경향문학이나 신경향파문학이라는 용어는 자취를 감추기 시작했고, 대신 프로문학 · 카프문학 · 무산자문학 · 계급문학 · 빈궁문학 · 마르크시즘문학 · 사회주의문학 · 노동문학 · 이데올로기문학 등의 용어가 새로 등장하여 무분별하게 혼용되었다.

한편 경향문학을 아예 프로문학과 동일한 것으로 보는 관점도 있다. 실제로 작품을 경향문학과 프로문학으로 구분하는 것은 쉽지 않기 때문이다.

경향문학의 대표적인 문인들로는 〈탈출기脫出記〉(1925)와 〈홍염紅焰〉(1927)의 최서해崔曙海, 〈정순貞順의 설움〉(1925)과 〈산양개〉(1925)의 박영희, 〈붉은 쥐〉(1924)와 〈젊은 이상주의자의 사死〉(1925)의 김기진, 〈낙동강〉(1927)의 조명희, 〈인력거꾼〉(1925)과 〈살인〉(1925)의 주요섭朱耀燮 등이 있다.

또한 시인 이상화李相和의 몇 작품과 김석송金石松의 〈무산자의 절규〉와 〈생장의 균등〉 등도 경향시로 볼 수 있다.

박영희   이상화   조명희

신경향문학의 대표 문인들

# 068 자연주의
Naturalism(自然主義)

일상적 현실을 묘사한 극단적 사실주의의 한 형식.

자연을 유일의 현실로 간주하는 입장이다. 원래는 철학 용어로서 '모든 자연 현상은 과학적으로 논증될 수 있다'고 주장하는 철학의 한 분파를 말한다.

자연주의는 1870년 이후부터 문학, 미술에 등장해 예술 분야 전반을 지배했는데, 개인의 운명이 의지가 아니라 유전과 환경에 의해 결정된다고 주장했다. 따라서 인물에 대해 과학적으로 접근하는 태도를 발전시켰고, 때문에 자연주의 작품 속의 인간들은 내적 혹은 외적 힘의 희생자로 그려졌다.

즉, 사실주의가 있는 그대로의 현실을 묘사하고자 한 것과는 달리 자연주의는 대상을 자연과학자나 박물학자의 눈으로 분석하고 관찰한 다음 그 내용을 기술했던 것이다.

이러한 자연주의의 특징을 보다 간략히 정리하면 다음과 같다.

첫째, 객관적·과학적이다.

둘째, 세밀하게 관찰하고 정확하게 묘사한다.

셋째, 탐욕, 패륜, 부덕 같은 인생의 암면을 폭로한다.

넷째, 평범한 일상생활에서 인생의 뜻을 찾는다.

다섯째, 개성을 중시한다.

여섯째, 인생을 위한 예술을 추구한다.

프랑스 소설가 에밀 졸라가 대표적인 자연주의 문인
이다. 졸라를 추종한 사람들로는 영국의 조지 에드워드
무어와 조지 로버트 기싱, 미국의 프랭크 노리스와 시어
도어 드라이저가 있다.

그중에서도 **에밀 졸라**는 문학에서 모든 것을 과학자
와 같은 태도로 관찰하고 해부하여 현실의 진상을 있는
그대로 설명하려 했다. 생리학자인 C. 베르나르의《실험
의학서설》(1865)을 이용해서 쓴《실험소설론》이 대표적
인 작품이다.

문학에서의 자연주의는 영화에도 영향을 미쳐 에리히
폰 슈트로하임Erich von Stroheim은 프랭크 노리스의《맥티
그McTeague》란 작품을 사실주의적인 인물과 이야기를 내
세워 영화사에 있어 획기적인 작품으로 평가 받는 〈탐
욕Greed〉(1924)이란 영화로 만들었다. 이 외에도 비열한
인간 본성에 대한 시각을 드러낸 갱스터 영화들과 필름

누아르 작품들도 자연주의 영화로 평가 받는다. 1953년의 〈빅 히트The Big Heat〉, 〈남쪽 거리에서 태우기Pickup on South Street〉가 그러한 영화다.

우리나라에서의 자연주의는 소설에서 크게 두드러졌는데, 김동인의 〈감자〉, 염상섭의 〈표본실의 청개구리〉 등이 대표적인 작품이다.

조지 에드워드 무어
George Edward Moore

조지 로버트 기싱
George Robert Gissing

프랭크 노리스
Frank Norris

자연주의의 계보를 이은 문인들

에밀 졸라
Emile Zola

프랑스의 소설가, 자연주의 문학의 창시자(1849-1902).
파리에서 태어났다. 남 프랑스에서 유년 시절을 보내
면서 세잔과 교류했다. 법률가가 되고 싶었지만 가난한
집안 형편 때문에 공부를 그만둔 후 열여덟 살의 나이로
파리의 서점에서 일하며 창작을 시작했다. 1866년 마네
의 〈피리 부는 소년Le fifre〉이 살롱에서 낙선한 것에 격분,
〈레벤망L'Evenement〉지 등에 마네의 작품을 옹호하는 글을
썼다. 이를 계기로 마네와 친교를 맺었고, 그 후로도 몇
개의 마네론을 발표했다. 이렇듯 에밀 졸라는 소설이 아
닌 기성의 대가들을 비판하고 마네, 피사로, 모네, **세잔**
등 젊은 인상파 화가들을 지지한 미술평론으로 먼저 이
름을 알렸다.

《클로드의 고백La Confession
de Claude》(1865)과 《테레즈 라캥
Thérèse Raquin》(1867)을 발표하면
서 자연주의 작가로 인정받은
졸라는 이때부터 생리학자 클로

드 베르나르의 실험의학을 문학에 적용했는데, 그 결과가 바로 총 20권에 달하는 《루공 마카르 총서Les Rougon-Macquart》다. 파리의 세탁업 노동자들의 삶을 통해 혁명 직후 프롤레타리아의 참혹한 삶을 고발한 〈목로주점L'Assommoir〉(1877), 고급 창녀와 프랑스 상류계급의 부패상을 고발한 〈나나Nana〉(1880), 광부들의 노동쟁의를 다룬 〈제르미날Germina〉(1885) 등의 작품들이 포함되어 있는 《루공 마카르 총서》로 에밀 졸라는 자연주의 문학의 절정을 이뤘다. 또한 "소설은 과학이다"라고 단언하면서 자신의 소설 이론을 《실험소설론Le Roman experimental》(1880)을 통해 피력하기도 했다.

에밀 졸라는 사회적 불의에 대해서 쓴소리를 마다하지 않은 것으로도 유명했다. 1898년에 있었던 드레퓌스 사건을 신랄하게 비판하는 〈나는 고발한다〉라는 제목의 글을 발표해 반향을 일으켰던 것이다. 그러나 에밀 졸라는 이 일로 인해 무고죄로 유죄판결을 받았고, 결국 생명의 위협을 느껴 영국으로 망명을 해야만 했다. 그리고 1902년 방 안에 피워둔 난로 가스에 중독되어 질식사하고 마는데, 반유대인파에 의해 암살됐다는 설도 있다.

그의 유해는 1906년 드레퓌스의 무죄가 공표된 후인 1908년에 프랑스를 명예롭게 한 위인들이 묻혀 있는 파리의 '팡테옹'으로 이장되었다.

〈피리 부는 소년Le fifre〉
에두아르 마네Edouard Manet 작품

드레퓌스 사건과 에밀 졸라

유대인 출신의 포병 알프레드 드레퓌스 대위가 독일 대사관에 군사 정보를 제공한 혐의로 체포되었다가 12년 만에 무죄로 판결된 사건이다. 1870년부터 1년 동안 치른 독일과의 전쟁에 진후 반독일 감정이 격해 있던 때 일어났다.

1894년 10월 프랑스 참모본부에서 근무하던 유대인 출신의 포병 알프레드 드레퓌스Alfred Dreyfus대위가 독일 대사관에 군사 정보를 제공했다는 혐의를 받고 체포되었다. 재판은 비공개 군법회의로 진행되었는데, 스파이 혐의에 대한 특별한 증거가 없었음에도 불구하고 드레퓌스 대위는 종신형을 선고 받았다. 여기에는 민족주의의 발흥과 함께 유럽 사회에 팽배해진 반유대주의라는 사회적 편견이 작용한 것으로 보인다.

이후 프랑스 군부는 사건의 진범이 드레퓌스가 아니고 다른 사람이라는 증거를 얻었지만 오히려 사건을 은폐시키려 했다. 이에 드레퓌스의 결백을 믿던 그의 가족이 1897년 11월 진범으로 알려진 헝가리 태생의 에스테라지 소령을 고발했다. 하지만 프랑스 군부는 형식적인 신문·재판을 거쳐 그에게 무죄를 선고하고 말았다.

그런데 이 사건의 재판 결과가 공개된 직후인 1898년 1월 13일, 소설가 에밀 졸라가 신문 〈로로르L'Aurore〉에 드레퓌스에게 유죄 판결을 내린 프랑스 군부를 비판하는 내용으로 〈나는 고발한다〉라는 사설을 실으면서 상황이 달라졌다. 이어서 에밀 졸라는 대통령에게 보내는 공개서한 형식으로 드레퓌스의 결백과 에스테라지의 유죄를 조목조목 따졌다. 그는 서한에서 "드레퓌스는 정의롭지 못한 힘에 의해 자유를 빼앗긴 평범한 시민입니다. 전 프랑스 앞에서, 전 세계 앞에서 나는 그가 무죄라고 맹세합니다. 나의 40년간의 역작, 그 역작으로 얻은 권위와 명성을 걸겠습니다. 그가 무죄가 아니라면 내 전 작품이 소멸돼도 좋습니다."라고 했다. 그러나 에밀 졸라는 군법회의를 중상모략했다는 혐의로 기소돼 영국으로 망명해야만 했다.

〈나는 고발한다〉가 게재된
〈로로르L'Aurore〉

에밀 졸라가 망명한 후 '드레퓌스주의자'에 의한 반정부 투쟁이 전개됐고, 이어서 내각이 사실상 해체되면서 드레퓌스는 사건 발생 12년 만인 1906년 7월 12일 프랑스 최고재판소로부터 무죄판결을 받았다.

070 폴 세잔
Paul Cézanne

프랑스 화가, 현대 미술의 아버지(1839~1906).

부슈뒤론 주 엑상프로방스에서 태어났다. 기숙사 국민학교 성 조셉을 졸업한 후 1852년 중학교에 입학했는데, 그곳에서 오랫동안 예술적 동지로서 교류를 갖게 되는 에밀 졸라와 친구가 된다. 1858년에 대학입학 자격을 얻고 아버지의 뜻에 따라 법과대학에 진학하였으나, 1861년 학업을 그만두고 화가가 되기 위해 파리로 갔다. 미술학교 입시에 실패함에 따라 일반 미술학원인 아카데미 스위스에 다니면서 피사로와 기요맹, 모네, 르누아르와 어울렸다. 또한 들라크루아, 쿠르베, 마네 등과의 교류하면서 그 영향으로 〈검은 대리석의 탁상시계가 있는 정물〉과 같은 반관전적_{反官展的} 경향과 무거운 분위기를 특징으로 하는 정물화·초상화를 그렸다.

〈자화상〉(1890)

프로이센과 프랑스 사이의 전

243

쟁과 1871년 파리 시민과 노동자들의 봉기에 의해서 혁명적 자치정부가 수립된 파리코뮌의 시기를 거치는 동안 세잔은 마르세유 근처 어촌에서 지내면서 가을 동안 피사로에게 인상주의의 원칙을 배웠다. 그로 인해 1874년 제1회 인상파전에 〈교사자絞死者의 집〉 등 3점을, 1877년의 제3회전에는 〈쇼케상像〉 등 16점을 출품하면서 인상파를 이끄는 인물로 주목 받았다.

이 시기의 작품은 초기 아카데미 스위스를 다니던 시기에 비해 화면이 작고 밝아졌으며, 붓 터치가 섬세해졌다. 또한 정성을 들인 색조분할色調分割에도 신경을 썼다. 그러나 무엇보다도 중요한 것은 시각이 냉정해지고 객관성을 갖게 된 것이다. 하지만 세잔은 이 두 번의 출품에서 평이 좋지 않았던 것, 인상파 자체에 대한 비판이 있었던 것을 이유로 이후 인상파전에는 참가하지 않는다.

1880년 이후 그는 자화상과 부인상을 많이 그렸지만, 〈푸른 꽃병〉처럼 색채의 아름다움을 표현한 정물화 외에도 〈에스타크L'Estaque〉, 〈생트 빅투아르 산Mont Saint-Victoire〉 등의 연작처럼 남프랑스의 밝은 분위기와 여유를 평면성과 공간감으로 잘 표현한 작품들을 그렸다. 1869년부터 만나오던 오스탕스 피스케와 정식으로 결혼한 것도 이 즈음이다.

1882년 대망의 관전官展에 입선해 당당하게 화가로서 이름을 올리게 된 세잔은 1895년 말 파리에서 개인전을 열었고, 인상파이면서도 훨씬 지적이고 신선한, 그리고 야성미가 넘치는 그만의 화풍으로 파리 미술계로부터 주목을 받았다. 또한 1898년 **앵데팡당전**에 작품을 출품해 화가로서의 입지를 단단하게 굳혔다. 이때를 전후로 세잔은 수채화를 많이 그렸는데, 수채화 제작의 간편함과 색채의 투명감을 유화에 접목시켰다. 또한 작품에 표현력을 지닌 여백을 많이 두었다.

말년의 작품들은 대부분 이와 같은 기법으로 그려졌는데, 이러한 기법은 사물의 형태를 복수의 시점에서 보는 구도와 더불어 훗날 입체파와 추상미술 등에 커다란 영향을 끼쳤다. 그리고 사물의 본질적인 구조와 형상에 주목, 자연의 모든 형태를 원기둥과 구, 원뿔로 해석한 독자적인 화풍을 개척했다. 따라서 미술사에서는 그를 '근대 회화의 아버지'로 부르고 있다.

세잔은 "자연은 표면보다 내부에 있다"면서 정확한 묘사를 하기 위해 사과가 썩을 때까지 그리기도 했다. 이처럼 그는 단순한 인상파의 사실주의를 벗어나 시각적·현상적 사실에서 근본, 즉 자연의 형태가 숨기고 있는 내적 생명을 묘사하고자 했다.

말년에 세잔은 엑스 교외에 아틀리에를 세우고 작품

활동을 하다가 1906년 교외에서 그림을 그리던 중 비를 맞고 졸도한 지 7일 만에 숨을 거뒀다. 그의 공식적인 사인은 폐렴이었다.

〈대수욕도Les Grndes Baigneuses〉 중 한 작품(1900~1905)

〈검은 대리석의 탁상시계가 있는 정물La Pendule Noir〉(1869~0870)

071 앤데팡당전

Salon des Artistes Indépendants

프랑스 미술전의 하나.

누구나 자유로이 출품할 수 있고, 심사 제도도, 수상 제도도 없는 전람회다. 앤데팡당indépendant은 프랑스어로서 '자주적인·독립의'라는 뜻을 가지고 있다.

1884년 봄 파리의 살롱 심사가 매우 엄격했던 탓에 속출한 낙선자들과 관전을 중심으로 하는 아카데미즘에 반대한 화가들이 독립예술가집단Groupe des Artistes Indépendants을 조직, 같은 해 여름 이름을 독립예술가협회Sociétés des Artistes Indépendants로 바꾸고 연말에 제1회전을 연 것이 앤데팡당전의 시작이다.

앤데팡당전은 무심사·무수상을 원칙으로 했고, 소정의 비용만 내면 누구나 자유롭게 작품을 출품할 수 있다. 앤데팡당전에 작품을 출품했던 주요 인물로는 르동, **쇠라**, 시냐크, 뒤부아 피에 등이 있고, 반 고흐, 앙리 루소, 툴루즈 로트레크, 세잔, 마티스 등도 자주 출품했다. 인상파 이후 대다수 화가가 앤데팡당전을 거쳤다 해도 과언은 아니다.

현대 미술의 다양한 전개 가운데 기성의 권위와 전통에 안주하기를 거부하는 순수한 예술가에게 기회를 제공한다는 점에서 앵데팡당전의 역할은 매우 중요하다.

　이후 앵데팡당전의 형식은 다른 나라에도 파급되어 오늘에 이르고 있다.

1922년 앵데팡당전 참가 카드

조르주 피에르 쇠라

Georges Pierre Seurat

신인상주의 미술의 대표 화가(1859.12.2~1891.3.29).

파리에서 태어났다. 소도시 공무원이었던 아버지와 떨어져 어머니, 남동생 에밀Émile, 여동생 마리 베르트 Marie - Berthe와 파리에서 살았고, 1871년 파리코뮌 시절에는 파리 교외에 있는 퐁텐블로에서 살았다.

쇠라는 퐁텐블로에서 그림을 시작했는데, 1875년부터는 조각가인 르키앙Justin Lequien의 지도 아래 석판화石版畫와 소묘素描를 배웠다.

1878년 파리의 에콜 데 보자르École des Beaux - Arts(프랑스 국립미술학교)에 입학해 고전주의 화가 앵그르의 제자였던 독일 출신의 앙리 레만Henri Lehmann에게 초상화와 누드화를 기본으로 해서 그리스 조각과 이탈리아 북유럽 르네상스의 전통 미술을 배웠다.

그러던 중 도서관에서 책 하나를 발견한다. 바로 제네바 출신의 프랑스 화가이자 판화가인 윙베르드 쉬페르빌Humbert de Superville이

쓴 《절대적인 미술 기호들에 관한 평론Essai sur les signes incondifionnels de l'art》(1827)이었다. 미학의 미래와 선線과 이미지의 관계를 다루고 있는 이 책은 그의 인생에 큰 영향을 끼쳤다.

1879년 자원입대를 한 스무 살의 쇠라는 북서부의 항구도시 브레스트의 해안에서 병역 생활을 하면서 바다와 해변, 배들을 그렸다. 병역을 마친 후에는 파리로 돌아와 고전 연구와 소묘에 힘쓰는 한편 색채학과 광학이론을 연구했다. 1881년경에는 들라크루아 작품의 색채 대비와 보색관계를 해명한 글을 발표해 주목을 받았다. 이어서 이러한 이론을 창작에 적용, 점묘화법에 의한 최초의 작품 〈아스니에르에서의 물놀이〉를 완성했다. 이 작품은 1884년 살롱에 출품했다가 낙선했지만 앵데팡당전에서는 큰 반향을 일으켰다. 쇠라의 점묘화법은 대비되는 색들을 작은 점들로 촘촘하게 찍어 빛의 움직임을 묘사한 기법으로 언뜻 보면 거의 식별되지 않지만 화면 전체가 빛으로 아른거리는 효과를 낸다.

〈그랑자트 섬의 일요일 오후〉도 점묘화법으로 그린 그림인데, 이전의 〈아스니에르에서의 물놀이〉보다 기법이 한층 성숙되었을 뿐만 아니라 색의 분할과 색채의 대비에 있어서 신인상주의로서의 면모를 확립한 작품이라 하겠다. 이 작품은 1886년에 열린 인상파 최후의 전람회에서 발표했는데, 벨기에의 상징파 시인 베르하렌과 프랑스의 미술비평가 페네옹 등으로부터 극찬을 받았다. 이 시기 쇠라는 빛의 영향에 관심이 있었던 시냐크와 피사로와 교류하고 있었다.

1886년 6월부터 8월까지는 항구도시 옹플뢰르에서 〈옹플뢰르 항구의 마리아La Maria, Honfleur〉와 같은 일련의 바다 풍경을 그렸고, 1887년에는 다락방 작업실에서 〈포즈를 취한 여인들Les Poseuses〉을 그렸다.

쇠라는 1889년에도 앵데팡당전에 풍경화들을 출품했는데, 이 무렵 아홉 살가량 어린 여인 마들렌 크노블로흐와 함께 살면서 아들까지 낳았지만, 그리고 마들렌의 초상화격인 〈화장하는 젊은 여자Jeune Femme se poudrant〉를 발표했지만, 그의 친구들이나 지인들은 쇠라가 죽을 때까지 그에게 아내와 아들이 있었다는 것을 몰랐다고 한다.

그러나 〈기묘한 춤〉, 〈화장하는 젊은 여자〉, 〈포즈를 취한 여인들〉 등의 작품으로 쇠라는 인상파의 색채 원리를 과학적으로 체계화하고 인상파가 무시한 화면의 조형 질서를 다시 구축했다. 그로 인해 세잔과 더불어 20세기 회화의 장을 열었다고 평가 받는다.

1890년에는 그라블린에서 여름을 보내면서 여러 점의 풍경화와 함께 〈서커스Le Cirque〉(1891)를 계획, 미완성인 채로 제8회 앵데팡당전에 출품했다. 그리고 전시를 위해 애쓰던 중 감기에 걸렸고, 이것이 편도선염으로 전이되어 전람회가 끝나기도 전에 사망하고 만다. 그때 그의 나이 서른두 살이었다.

쇠라는 19세기 프랑스 **신인상주의**를 이끈 화가이자 점묘화의 창시자로 이름을 남겼다.

〈아스니에르에서의 물놀이Une Baignade, Asnières〉(1883~1884)

〈그랑자트 섬의 일요일 오후Un dimanche après-midi àl'Île de la Grande Jatte〉
(1884~1886)

## 073

신인상주의
Néo-Impressionnisme(新印象主義)

근대 프랑스 회화의 조류.

인상주의를 과학적 방법으로 추진하고자 했다. 쇠라가 시냐크의 도움을 받아 창시했고, 쇠라가 1891년 갑자기 요절한 후에는 시냐크가 이끌었다. 시냐크는《들라크루아에서 신인상주의까지》(1899)라는 책을 써서 이 회화 운동의 이론을 체계화하기도 했다.

신인상주의는 빛의 분석이라는 인상주의 기법을 과학적으로 발전시키는 한편 인상주의의 경험주의적 사실주의에 반발하는 대신 고전주의 정신의 부활을 꾀하는 것을 목표로 했다. 이들은 인상파가 본능과 직감에 의존한 나머지 형태를 확산시킨다는 점에 불만을 느끼고, 작품에 이론과 과학성을 부여하고자 한 것이다.

따라서 원색을 주로 사용하고, 무수한 점으로 화면을 구성함으로써 통일성을 유지시켰다. 팔레트나 캔버스 위에서 물감을 혼합하는 것 외에 원색의 점을 찍어 사람의 눈에 의한 혼합으로 필요한 색채를 얻은 것이다. 청색과 황색의 점들을 수없이 배열해나가게 되면 시각적으로는 녹색으로 보이는 것이 그 예다. 또 형태나 구도에서는 황금분할黃金分割 등을 자주 사용함으로써 고전주의 회화의 특징인 안정성을 추구했다.

대표 작품으로는 쇠라의 〈그랑자트 섬의 일요일 오후〉와 시냐크의 〈펠릭스 페네옹의 초상〉이 있다. 특히 〈그랑자트 섬의 일요일 오후〉는 신인상주의의 확립을 보여준 작품이라 할 수 있다. 신인상주의에 동조한 작가로는 막시밀리옹 뤼스, 앙리 에드몽 크로스, 샤를 앙그랑, 리셀베르크 등이 있었다.

신인상주의는 한때 고흐, 고갱, 피사로 등에게도 영향을 주었다. 신인상주의가 표방한 지성주의나 구도ㆍ형태의 기하학성 등의 특색은 20세기의 입체파와 **오르피즘**, 추상회화 등에도 영향을 끼쳤다.

〈펠릭스 페네옹의 초상Retrato de Félix Fénéon〉(1890)
폴 시냐크Paul Signac 작품

오르피즘
Orphism

## 074

20세기 초 입체파로부터 발전한 회화 경향.

'오르피즘'이란 용어는 원래 크레타에서 발원한 것으로 추측되는 고대 그리스 종교 중 하나의 명칭이다. 구체적으로는 지상에서의 생활 방식에 따라 내세에 영원한 축복을 받을 수 있다고 믿은 오르페우스교를 가리킨다. 근대에 이르러 회화에 있어서 한 경향을 가리키는 명칭으로 쓰이게 되었다.

오르피즘은 1912년 시인 **아폴리네르**가 입체파인 들로네의 실험적 작품을 '큐비즘 올피크Orphic Cubism'라고 칭한 데에서 비롯되었다. 프랑스의 화가 로베르 들로네가 대표적인 작가다. 프란티세크 쿠프카, 모건 러셀, 맥도날드 라이트 등도 한때는 이 경향을 따랐다.

오르피즘의 작가들은 입체파의 견고한 구성을 지니면서도 시간적 개념을 작품에 도입했고, 색채의 활용을 중요시했다. 또한 다이내믹한 발상과 강렬한 정감을 화면에서 시도했다. 때문에 피카소 등의 초기 입체파의 작품에 비해 훨씬 감각적이고 색채적이었다.

로베르 들로네와 그의 부인 소니아Sonia Delaunay-Terk는
이러한 경향을 발전시켜 선명한 색과 율동적인 화면을
구성하면서 추상과 환상을 혼합한 독자적인 화풍을 확
립했다.

〈마르스 공원: 붉은 탑Champs de Mars: La Tour Rouge〉(1911)
로베르 들로네Robert Delaunay 작품

## 075

기욤 아폴리네르
Guillaume Apollinaire

프랑스의 시인이자 소설가(1880.8.26~1918.11.9).

이탈리아 로마에서 태어났다.
본명은 빌헬름 아폴리네리스 코
스트로비츠키Wilhelm Apollinaris de
Kostrowitzki다. 후에 프랑스로 가
족이 이민을 가면서 기욤 아폴
리네르로 개명했다.

열아홉 살 때부터 유럽 여러
곳을 여행하며 시와 단편소설을 썼는데, 초기 작품에 해
당되는 이 시기의 시나 단편소설에는 당시 여행에서 얻
은 인상을 주제로 한 것이 많고, 더불어 이국의 전설 ·
민화를 소재로 한 것이 많다. 또 한때 영국 여성과의 첫
사랑과 실연을 겪으면서 그 감정을 장편의 시로 옮기기
도 했다.

파리로 간 후 그는 M. 자코브, A. 살몽 등의 시인과 피
카소, 브라크 등의 화가와 교류하며 입체파와 야수파에
관여했고, 여러 잡지에 시와 평론, 소설을 기고했다. 그

로 인해 화가가 아님에도 불구하고 후대의 입체파 화가들에게 큰 영향을 주었다.

그가 쓴 시에는 중세 이래 19세기까지의 서정적인 시에서 볼 수 있는 애정, 별리, 회한 등을 소재로 한 것이 많다. 또 평론 〈입체파 화가〉와 〈신정신L'Esprit nouveau〉으로 **모더니즘** 예술 발족에 커다란 영향을 주었다.

한편 그는 1917년에 쓴 부조리극 〈티레지아의 유방 Mamelles de Tiresia〉이란 작품에서 쉬르레알리슴, 즉 초현실주의라는 용어를 최초로 사용했다. 그는 새로운 예술과 정신의 고취자이자 실행자였던 것이다. 따라서 문학사에서는 그를 20세기의 새로운 예술창조자의 한 사람이자 20세기 시대정신을 가장 잘 구현한 시인으로 평가하고 있다.

작품으로는 《썩어가는 요술사》(1909), 《이교異教의 교조와 그의 일파》(1910), 《학살당한 시인》(1916) 등의 소설과 《동물시집Le Bestiaire》(1911), 《알콜Alcools》(1913), 《칼리그람 Calligrammes》(1918)과 같은 시집이 있다.

1918년 전쟁에서 입은 상처와 당시 유럽을 강타한 스페인 독감으로 인해 제1차 세계대전의 종전을 사흘 앞두고 파리에서 숨을 거두고 만다. 그때 그의 나이 서른여덟 살이었다.

1921년 파리에서 출간된
《썩어가는 요술사L'Enchanteur pourrissan》의 표지

기욤 아폴리네르의 시 〈미라보 다리〉

〈미라보 다리〉

미라보 다리 아래 센 강은 흐르고
우리네 사랑도 흘러내린다
내 마음 속에 깊이 아로새기리
기쁨은 언제나 괴로움에 이어옴을

밤이여 오라 종아 울려라
세월은 가고 나는 머문다

손에 손을 맞잡고 얼굴을 마주 보면
우리네 팔 아래 다리 밑으로
영원의 눈길을 한 지친 물상이
저렇듯이 천천히 흘러내린다

밤이여 오라 종아 울려라
세월은 가고 나는 머문다
사랑은 흘러간다 이 물결처럼
우리네 사랑도 흘러만 간다

어쩌면 삶이란 이다지도 지루한가
희망이란 왜 이렇게 격렬한가

밤이여 오라 종아 울려라
세월은 가고 나는 머문다

나날은 흘러가고 달도 흐르고
지나간 세월도 흘러만 간다

우리네 사랑은 오지 않는데
미라보 다리 아래 센 강이 흐른다

밤이여 오라 종아 울려라
세월은 가고 나는 머문다

Le Pont Mirabeau

Sous le pont Mirabeau coule la Seine

Et nos amours

Faut-il qu'il m'en souvienne

La joie venait toujours apres la peine

Vienne la nuit sonne l'heure

Les jours s'en vont je demeure

Les mains dans les mains restons face a face

Tandis que sous

Le pont de nos bras passe

Des eternels regards l'onde si lasse

Vienne la nuit sonne l'heure

Les jours s'en vont je demeure

L'amour s'en va comme cette eau courante

L'amour s'en va

Comme la vie est lente

Et comme l'Esperance est violente

Vienne la nuit sonne l'heure

Les jours s'en vont je demeure

Passent les jours et passent les semaines

Ni temps passe

Ni les amours reviennent

Sous le pont Mirabeau coule la Seine

Vienne la nuit sonne l'heure

Les jours s'en vont je demeure

모더니즘
Modernism

1920년대 예술에 나타난 근대적 감각의 경향.

예술사조로서의 모더니즘은 기계문명과 도회적 감각을 중시하는 등 현대풍을 추구하는 경향을 말한다. 그러나 넓은 의미의 모더니즘은 교회의 권위나 봉건성을 비판하고, 과학과 합리성을 중시하며, 널리 근대화를 지향하는 것을 말한다.

19세기 예술의 근간이라고 할 수 있는 **사실주의**리얼리즘에 대한 반항으로 제1차 세계대전 후에 일어난 아방가르드 운동의 한 형태로 볼 수 있다. 따라서 일반적으로 모더니즘이라고 하면 1920년대에 일어난 표현주의, 미래주의, 다다이즘, 형식주의포멀리즘 등의 감각적 · 추상적 · 초현실적 경향의 운동들을 지칭한다. 유럽과 미국에서는 이런 운동들을 통틀어 '모던 아트modern art'라고 말하기도 한다.

우리나라 문학에서의 모더니즘은 1931년경 프로문학이 퇴장하고 일제의 군국주의가 대두됨에 따라 나타났고, 김기림이 시에 있어서 낭만주의 요소를 배격하고 의

식성을 강조하는 '시의 기술주의技術主義'를 주장하면서 형태화되었다. 모더니즘이라는 말 대신 주지주의라고 했다.

김기림이 주장했던 모더니즘 시 운동의 특징은 다음과 같다.

첫째, 정서보다는 지성을 우위에 둔다.

둘째, 현실에 대해 초월적 태도보다는 비판적 적극성을 갖는다.

셋째, 청각적 요소보다 시각적 요소를 강조한다.

소설에서의 모더니즘은 1934년 최재서가 주지주의 문학을 소개하면서 시작되었지만, 실제로 이상李箱의 작품에 나타난 심리주의적 경향을 비평하면서 본격적으로 전개되었다.

우리나라 모더니즘의 대표 문인들로는 1930년대 프랑스의 발레리, 영국의 T. S. 엘리엇, 헉슬리 등의 이론과 작품에 영향을 받은 정지용, 김광균, 장만영, 최재서, 이양하 등이 있다. 그중 김기림의 장시 〈기상도〉(1936)는 엘리엇의 〈황무지〉의 영향을 받은 당시 모더니즘의 대표작이라 할 수 있다.

1950년에도 모더니즘 시 운동은 김수영, 박인환, 김경린 등에 의해 활발히 전개되었다. 1960년대에 와서는 〈현대시〉, 〈신춘시〉의 동인들을 중심으로 1930년대의 모더니즘 시에 부족했던 내면·초월의식을 형상화하려는 노력으로 나타났다.

김기림 등의 시가 수록된
《현대서정시선》 초판 표지(1939)

# 077 ● 사실주의
Realism(寫實主義)

객관적 사물을 있는 그대로 정확하게 재현하려는 예술상의 태도.

경험적인 현실을 유일한 세계이자 가치로 인식하려는 예술사조로서 'res실물'를 어원으로 하는 'realism'을 번역한 용어다. 경험적인 현실 외의 이상적·초월적 세계의 존재 증거가 없다고 보는 일원론적 세계관을 바탕으로 한 진리나 진실, 미학적 가치, 예술창작의 방법 등을 지칭한다. 때문에 사실주의는 모더니즘처럼 자의식과 회의주의를 바닥에 깔고 추상예술, 고전주의, 낭만주의와 같은 이상주의적 경향과 대립한다.

19세기 후반에 활발하게 전개되었다. 사실주의가 미술과 문학에서 쓰이게 된 것은 19세기 중엽이다. 사회학자 오귀스트 콩트가 주창한 실증주의의 영향 속에서 계몽주의와 환상적 낭만주의에 대한 반작용으로 나타난 예술 운동에 의해 시작되었다.

중세 유럽에서도 사실적이며 풍자적인 우화시寓話詩나 《르나르 이야기》와 같은 작품이 없었던 것은 아니지만,

낭만적 · 공상적 작품이 주류로 자리를 잡고 있었기 때문에 본격적인 사실주의 문학으로 보기에는 무리가 있다. 단, 시민사회가 성숙한 영국에서는 사실주의도 일찍부터 발달해서 18세기부터 사실주의 작품이 등장했고, 이는 찰스 디킨스에 의해 계승되었다. 한편 사실주의는 《죽은 혼》의 고골, 《전쟁과 평화》의 톨스토이, 《죄와 벌》의 도스토예프스키로 대표되는 러시아 근대 문학에도 큰 영향을 줌으로써 독특한 러시아 사실주의를 탄생시켰다.

본격적인 사실주의는 19세기 회화에서부터 시작되었다. 당시의 아카데미즘 화풍에 반기를 든 프랑스의 귀스타프 쿠르베가 돌 깨는 작업이나 목욕하는 여인들처럼 지극히 현실적인 소재를 채용하면서 사실주의를 주장, 〈오르낭의 매장埋葬〉과 같은 작품을 완성시켰다. 또한 제자에게는 "천사를 본 일이 있는가? 네 아버지를 보

〈오르낭의 매장Un enterrement àOrnans〉(1850)
귀스타프 쿠르베Gustave Courbet 작품

고 그려라"라고 가르치는 등 소재를 현실에서 찾을 것을 강조했다.

　문학에서의 사실주의는 쿠르베의 친구였던 샹플뢰리를 시작으로 보는데, 사회를 잘 관찰하고 쓴 사실파 소설이 특히 발달했다. 이런 작품들을 발표한 작가들로는 발자크, 스탕달, 플로베르 등이 있다. 특히 플로베르의 소설 《보바리 부인Madame Bovary》과 《감정교육L'éducation sentimentale》은 사실주의의 교과서처럼 인식되어 큰 인기를 누렸다. 그러나 정작 플로베르는 작품에 더러 낭만주의적 요소를 채용했기 때문에 사실주의 작가로만은 볼 수 없다.

　이후 유럽의 사실주의는 과학만능주의와 실증주의라는 사상적 기반 위에서 역사적·연대기적年代記的 의미를 지니고 발달했다. 이러한 작품 경향은 에밀 졸라 등의 자연주의 계열의 작가들에 의해 계승되었다.

　그러나 19세기 말이 되자 사실주의와 자연주의의 원리가 되었던 과학만능주의에 부작용이 나타나면서 사실과 현실을 어떻게 볼 것인가 하는 문제에 봉착하게 되었다.

　또 20세기에 들어와서는 모든 문제에 있어서 이전 시대와 대립하게 된다. 19세기에는 객관성을 강조했을 뿐 누구의 시점인지는 분명하지 않았지만 20세기에 들어서면서는 보고 말하는 사람의 시점이나 의식이 중요하

게 된 것이 한 예다. 그렇다 하더라도 로제 마르탱 뒤
가르Roger Martin du Gard의 《티보 집안의 사람들Les Thibault》
처럼 19세기의 사실주의 수법을 그대로 채용한 작품들
도 여전히 발표되었다.

신흥 부르주아지 사회의 개인주의에 의거해 발흥한
사실주의는 러시아의 볼셰비키 혁명(1917)을 전후로 사
회주의 이데올로기와 연결되면서 마침내 유물변증법
과 사회주의 이데올로기와 밀착, 비판적 사실주의critical
realism, 변증법적 사실주의dialectical realism, 사회주의 사실
주의socialist realism 등으로 전개되었다.

우리나라에서의 사실주의는 조선시대 연암燕巖 박지원
朴趾源이 쓴 풍자적·사실적 작풍의 《양반전》 등에서 기
원을 찾을 수 있다. 그러나 현대적 의미의 사실주의는
이광수, 최남선 이후 일본을 거쳐서 유입되었다. 특히
1919년 3·1 운동의 실패로 인한 좌절은 사실주의 문학
을 탄생시키는 밑거름이 되었다. 그 결과로의 작품이 바
로 1919년 창간된 잡지 〈창조創造〉에 '인생의 회화', '인
생 문제의 제시'라는 모토를 내걸고 게재된 김동인金東仁
의 〈약한 자의 슬픔〉, 전영택田榮澤의 〈천치? 백치?〉다.

이후 염상섭 등의 자연주의적 사실주의를 거쳐 25년
이후에는 신경향파에 의해 사회주의 사실주의로, 그리
고 30년대에는 김유정金裕貞의 토착적 사실주의와 이상

李箱의 심리적 사실주의로 이어졌다.

그러나 광복 후 남북한 각각의 단독정부 수립과 한국 전쟁에 의한 분단은 사실주의에 실존과 생존의 문제를 접목시키기에 이르렀고, 그 결과 손창섭孫昌涉의 〈비오는 날〉로 대표되는 전후 사실주의로 전개, 실존주의 및 휴머니즘과 결부된 자생적 사실주의를 탄생시켰다.

군부독재 시절을 거친 후의 사실주의는 현실 사회의 모순을 드러내는 데 초점이 맞춰지면서 민중문학, 노동문학으로 불리는 민중주의 사실주의로 구체화되었다.

1920년대의 월간지 〈창조〉

르나르 이야기

078

Roman de Renart

고대 프랑스어로 쓰인 운문 동물 설화집.

'여우 이야기'라고도 한다. 12세기 후반에서 13세기에 걸쳐 쓰인 중세 프랑스 문학의 대표작으로 필사본으로 전해졌다. 여우를 비롯한 짐승들이 주역으로 등장하기 때문에 동화쯤으로 인식되기 쉬우나 실상은 그렇지 않다. 사람들의 삶이 형언할 수 없을 만큼 비참했던 시절에 출현한 작품이다. 따라서 당시의 참혹한 생활상과 그로 인해 피폐하고 포악해진 인간상을 사실적으로 묘사하고 있다.

《르나르 이야기》가 쓰였던 시기의 프랑스는 1144년부터 시작되어 1226년까지 거듭된 대기근과 잉글랜드와의 분쟁, 십자군 전쟁, 게다가 1209년에서 1229년까지 프랑스 서남부 지역을 초토화시킨 알비Albi 성전 등으로 인해 황폐해 있었다. 때문에 프랑스 민초들은 삶보다는 죽음을 택할 지경이었다. 또한 사제들의 과욕·광기, 그리고 총체적인 무질서로 노트르담과 같은 거대한 신전들을 비롯해 도적 소굴과 다름없는 수도원들이 전국

토를 강점하고 있었다.

《르나르 이야기》는 바로 끝없이 추락한 민초들의 삶 위에서 쓰였다. 1170년경부터 1250년까지 약 20여 명의 문인이 쓴 각각의 이야기를 상호 연관성에 따라 26장으로 묶은 방대한 작품이다.

총 8음절로 된 3만여 수首의 정형 운문으로 이루어져 있는데, 이 작품을 쓴 이들의 이름은 전해지지 않는다. 다만 작품에서 보이는 친화력과 사용된 언어 등을 보면 작가들 중에는 떠돌이 이야기꾼들이나 귀족, 심지어 사제들도 있었을 것으로 추측된다.

이 작품의 주인공은 르나르Renart라고 하는 여우다. 르나르는 늑대의 아내와 바람을 피우고 닭들을 함부로 잡아먹는 등 왕국에서 일어나는 대부분 소요의 주범이었다. 동물 왕국의 왕인 사자가 잡아오라고 명을 내리지만 그럴 때마다 갖은 잔꾀로 위기를 모면한다. 결국 체포되었고, 겨우 목숨을 건진 후 수도원에서 개심의 길을 걷는 듯했으나 르나르는 끝내 닭을 잡아먹고 방랑의 길에 오른다.

《르나르 이야기》는 황제로부터 농사꾼에 이르는 모든 계층의 사람들과 그들의 행태, 그리고 그들이 행하는 간계, 탐욕, 파렴치, 잔혹성, 음란성 등의 수성獸性을 생생하게 묘사함으로써 일종의 해학성을 획득했다. 이러한 해학적인 시각이나 언사는 15~16세기의 몰리에르, 몽테스키외, 볼테르 등으로 대표되는 프랑스 **풍자문학**의 원류가 되었다.

18~19세기에 출간된 《르나르 이야기》

1579년

1630년

《르나르 이야기》의 삽화들

079 풍자문학
Satirical Literature(諷刺文學)

정치 현실과 인간 생활에의 비판과 조소를 주제로 차용한 문학.

풍자의 사전적 의미는 '남의 잘못을 빗대어 공격하는 것'이다. 중국 시서詩書인 《시경詩經》에 있는 다음의 대목에서 비롯되었다.

"시에는 여섯 가지 의로운 것이 있는데, 그 하나를 풍風이라 한다. 상上으로써 하下를 풍화風化하고 하로써 상을 풍자風刺한다. … 풍자한 자에게는 죄가 없으며 이는 훈계로 삼을 가치가 있다."

영어권에서는 라틴어의 '매우 혼잡하다'는 의미를 가진 'Satura'를 영어로 번역한 'Satire'를 쓰고 있다.

풍자는 본래 시의 한 형식으로 출발했다. 그러다 점차 산문의 발달과 함께 풍자소설이 등장했고, 그에 따라 풍자문학이라는 용어가 사용되기에 이르렀다. 이러한 풍자문학은 악폐惡弊, 허위로 가득 찬 정치와 세상사에 대한 기지 넘치는 비판과 조소를 주 내용으로 하고 있다. 때문에 풍자문학은 장르를 불문하고 퇴폐한 시기, 정치적으로 불행한 시기에 많이 쓰였다. 걸작이라 할 수 있는 작품도 그런 때에 나타났다.

역사·문학적으로 풍자는 아리스토파네스 등의 그리스 희극喜劇을 그 기원으로 하고, 고대 로마의 시인 루킬리우스, 호라티우스 등의 풍자시에 의해 장르로서 확립되었다.

근대 이후 풍자문학을 이끈 작가로는 프랑스에서는 라블레와 볼테르 등이 있고, 영국에서는 《걸리버 여행기》의 조너선 스위프트, 《인간과 초인》의 버나드 쇼, 《동물 농장》의 조지 오웰 등이 있으며, 독일에서는 시인 하이네, 러시아에서는 고골과 《어느 도시의 역사》를 쓴 니콜라이 셰드린 등이 있다. 그 외에도 셰익스피어, **세르반테스**, 몰리에르 등도 작품에 풍자적 수법을 크게 활용했다.

우리나라에서 본격적으로 풍자문학이 시작된 것은 1930년대라고 할 수 있다. 이기영李箕永의 《인간수업》이 대표작이다. 《인간수업》의 주인공은 인간수업을 하겠다는 목표 아래 철학서적에서 얻은 것을 사람들에게 설교하는데, 작가는 '배움은 책보다는 실제 농촌생활에 더 많다'는 주제를 내세움으로써 인텔리의 비현실적인 사

276

고를 풍자했다. 채만식의 《레디 메이드 인생》, 김유정의 《금 따는 콩밭》, 계용묵의 《백치 아다다》 등도 풍자문학을 대표하는 작품이라 하겠다.

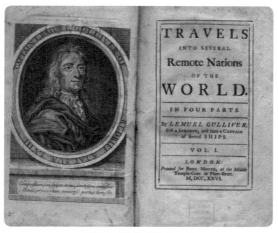

《걸리버 여행기》의 초판(1726)

미겔 데 세르반테스
Miguel de Cervantes

에스파냐의 소설가, 극작가, 시인(1547.9.29~1616.4.23).

알칼라 데 에나레스에서 태어났다. 아버지가 하급귀족이자 외과의사였지만 집안 형편이 그리 좋은 것은 아니었다. 때문에 그의 가족은 이곳저곳으로 자주 이사를 다녔고, 그 역시 스물한 살 때인 1568년 마드리드에 있는 기숙학교를 잠시 다닌 것 말고는 학교 교육을 거의 받지 못했다.

군인이 되고 싶었던 세르반테스는 1569년 추기경을 따라 이탈리아로 가서는 이탈리아 주재 에스파냐 군대에 입대했고, 1571년 레판토 해전에 참가했다. 그러나 전투 중에 가슴과 왼손에 상처를 크게 입어 평생 왼손을 쓰지 못하는 불구가 되었다. 결국 1575년 에스파냐 해

군 총사령관이며 왕제王弟인 돈 후안에게 표창장을 받고 에스파냐로 귀국하게 되었다.

귀국 중 세르반테스는 지중해에서 해적들에게 습격을 받고

알제리로 끌려가는 수난을 당하고 말았다. 해적들은 가족들에게 몸값을 요구했다. 하지만 가난했던 그의 가족들은 몸값을 지불하지 못했고, 세르반테스는 탈출을 시도해야만 했다. 네 번이나 감행했던 탈출은 모두 실패로 끝났고, 그로 인해 혹독한 처벌을 받아야 했다. 그나마 다행인 것은 알제리에 살던 에스파냐 동포들이 그의 사정을 알고는 몸값을 대신 지불해준 것이었다. 이에 세르반테스는 포로 생활을 마치고 에스파냐로 귀국할 수 있었다. 귀국선에 오른 지 무려 5년 만의 귀환이었다.

1584년 서른일곱 살의 나이로 열아홉 살의 카탈리나 데 살라사르와 결혼한 세르반테스는 군인 시절의 인맥을 이용, 공직으로 진출하고자 했으나 그의 바람은 번번이 좌절되었다. 그래서 생계를 위해 시와 희곡, 소설 등을 쓰기 시작했다.

이듬해 발표한 첫 번째 소설 《라 갈라테아La Galatea》는 문단의 호평에도 불구하고 명성을 쌓는 데 도움이 되지는 않았다. 그는 1587년까지 20~30편의 희곡을 썼다. 하지만 전해지는 것은 《알제리의 생활》과 《라 누만시아》 등 두 편뿐이다.

이후에도 그는 기회가 있을 때마다 말단 관리에서부터 무적함대의 물자 조달관, 심지어 세금 징수관으로까지 일하며 생계를 유지했다. 또한 여러 번 비리 혐의로 고발 당해 징역을 살기도 했다. 그는 감옥에 있는 동안 작품들을 구상했는데, 《돈 키호테》도 그가 1597년 세비야에서 옥살이를 하는 동안 구상했던 작품이다.

당시 구전되던 에스파냐의 기사 이야기를 **패러디**한 《돈 키호테Don Quixote》의 정식 제목은 '재치 발랄한 향사 鄕士 돈 키호테 데 라 만차El Ingenioso Hidalgo Don Quixote de la Mancha'다. 기사의 고매한 이상을 산초 판자의 실제적이고 비속한 물질주의와 대조를 이루게 배치, 인간의 양면성을 뛰어난 성격 묘사로 표현했다. 세르반테스는 "기사 이야기의 인기를 타도하기 위해 이 작품을 썼다"고 밝혔다. 이 작품은 뒤에 폴 귀스타프 도레가 삽화를 그려 더욱 유명해졌다.

《돈 키호테》는 1605년 출간과 함께 세르반테스에게 큰 명예를 안겨주었다. 그러나 출판업자에게 판권을 넘겨버린 탓에 경제적 이득을 얻지는 못 했다. 《돈 키호테》의 제2부는 1615년에 출판되었고, 그 사이에 열두 편의 중편을 모은 《모범 소설집Novelas exemplares》(1613), 장시 《파르나소에의 여행Viage del Parnaso》(1614) 외에도 《신작 희곡 8편 및 막간희극 8편Ocho comedias, y ocho entremeses nuevos》(1615)을 출판했다. 말년에는 종교 결사와 아카데미아 셀바헤라는 작가 단체에 가입하기도 했다.

세르반테스는 1616년 4월 23일 마드리드에서 사망했는데, 이 날은 우연하게도 셰익스피어가 사망한 날과 같은 날이었다.

《돈 키호테》의 삽화들
폴 귀스타프 도레 작품

패러디
Parody

기존 작품의 모방 · 변경을 본질로 하는 예술 기법의 하나.

이전 유명한 사람의 문학, 음악 등 작품에서 특정 부분을 모방해 자신의 작품에 집어넣는 기법을 말한다. 이러한 기법에는 창조성이 없고 때때로 악의가 가미되기도 한다.

패러디의 목적은 주로 익살 또는 풍자다. 또 패러디 요소가 들어간 작품들은 패러디했음을 감추지 않고 드러내서 웃음을 이끌어내는 경우가 많다. 때문에 패러디는 예술 작품뿐 아니라 개그의 소재로도 사용되고 있다.

한편 오마주Hommage는 원작자를 존경하는 의미에서 원작의 요소를 차용하는 것을 말한다. 따라서 익살, 풍자를 목적으로 하는 패러디와는 구별해야 한다.

시에 있어서는 이전 작가의 문체나 운율을 모방해 그것을 풍자 또는 조롱삼아 꾸민 익살 시문의 형태로 나타난다. 고대 그리스의 풍자시인 히포낙스가 그 시작이라할 수 있다.

패러디 기법에 의한 작품이 왕성하게 발표된 시기는 18세기로 영국, 프랑스, 독일을 중심으로 행해졌다. 세르반테스의 《돈 키호테》 역시 중세 기사에 관한 전설을 패러디한 작품이다. 알렉산더 포프, 조너선 스위프트, **조지 고든 바이런** 등도 패러디를 빈번하게 사용했다. 근대 문인 중에는 윌리엄 메이크피스 새커리, 루이스 캐럴, 앨저넌 찰스 스윈번, 맥스 비어봄 등이 패러디에 능했다.

음악에 있어서는 일반적으로 같은 음률에 다른 가사를 붙이는 경우를 패러디라고 하는데, 같은 가사에 다른 음률을 붙이기도 한다. 또 16세기 폴리포니 시대에는 어떤 악곡과 유사한 음률과 구성을 가진 곡을 패러디라고 하기도 했다. 이 경우에는 문학이 풍자나 익살을 목적으로 것과는 달리 오마주처럼 경의를 표명하기 위한 것이었다.

폴리포니와 호모포니

1. 폴리포니 Polyphony

두 개 이상의 독립된 성부에 의해서 구성되는 악곡.

다성음악多聲音樂, 복음악複音樂이라고 한다. 그레고리오 성가
와 같은 단선음악을 제외한 서양의 음악은 거의 모두 폴리포니
라고 할 수 있다.

폴리포니는 좁은 뜻으로는 대위법적 기술을 사용해 만든 음악
을 가리킨다. 따라서 단순한 악곡에서부터 복잡하기 그지없는
네덜란드 악파의 음악까지 모두 폴리포니라 할 수 있다.

2. 호모포니 Homophony

주선율과 화성부가 동시에 진행되는 음악 양식.

어떤 한 성부가 주선율主旋律을 담당하고 다른 성부는 화성적
으로 그것을 반주하는 형태의 음악 양식이다. 고전파 · 낭만파
음악은 대부분 호모포니 양식으로 되어 있다. 중세 폴리포니 시
대에 유행했던 콘둑투스나 프랑스의 작곡 기법인 포부르동도
넓은 의미에서 호모포니라고 할 수 있다.

콘둑투스conductus는 다성부가 동일한 운문의 가사를 동일한 리듬으로 부르는 라틴어 노래이고, 포부르동fauxbourdon은 최고 성부에 정한가락을. 그리고 6부나 8부 밑에 테너 화음을 두고 그 사이에 4개의 화음을 즉흥적으로 끼워 넣는 작곡 기법을 말한다.

포부르동의 한 예

## 082

조지 고든 바이런

George Gordon Byron

영국 낭만파 시인(1788.1.22~1824.4.19).

런던에서 태어났다. '미치광이 존'이라는 별명이 있었을 정도의 방종한 아버지와 스코틀랜드 부호의 재산 상속인이었던 어머니 사이의 독자였다. 1791년 아버지가 집안의 재산을 모두 탕진한 채 프랑스에서 죽은 후 그의 가족은 어머니의 고향인 스코틀랜드 북동부의 항구도시 애버딘으로 이주했다.

태어날 때부터 다리가 휘어 있었던 바이런은 절름발이라는 사실에 매우 민감해하며 애버딘 그래머 스쿨에

다녔다. 다리가 기형인 아들에게 냉담했을 뿐만 아니라 변덕스러운 성격의 소유자였던 어머니 대신 독실한 청교도였던 유모 메이 그레이에게 애정을 느끼며 성장했다. 때문에 그녀의 칼

뱅주의 종교교육에 큰 영향을 받았다. 이는 훗날에 바이런의 작품에 **악마주의**로 승화되었다.

1798년 열 살이 된 바이런은 제5대 바이런 남작이 죽은 후 제6대를 상속, 낡은 뉴스테드 애비의 영주가 되었고, 다음 해에는 런던으로 가서 다리지의 예비 칼리지를 거쳐 해로 스쿨에 다녔다. 1805년에는 케임브리지 대학의 명문 트리니티 칼리지에 들어갔다.

바이런은 재학 중인 1807년에 시집 《게으른 나날 Hours of Idleness》을 출판했는데 이 시집에 대해 〈에든버러 평론〉지가 악평을 하자 이에 분개, 당시의 문단을 풍자한 시 〈잉글랜드의 시인들과 스코틀랜드의 비평가들〉(1809)을 발표함으로써 문단을 조롱했다.

그 후에 상원의원이 된 바이런은 미련을 버리고 친구와 함께 포르투갈 리스본으로 가는 배에 올랐다. 육로를 이용해 에스파냐를 여행한 후 몰타 섬과 알바니아, 아테네 등을 여행했다. 2년 후인 1812년 영국으로 돌아온 바이런은 산업혁명기 방직공의 소요를 탄압한 정부에 항의해 이름을 떨쳤고, 분방한 시풍과 이국정서를 바탕으로 여행 중에 쓴 장편 서사시 《차일드 해럴드의 편력 Childe Harold's Pilgrimage》(1812)을 출간해 일약 유명해졌다. 이후 〈아바이도스의 신부〉(1813), 〈해적〉(1814), 〈라라〉(1814) 등을 잇달아 출간했다. 이때 얻은 유명세 덕에 반反세속적인 천재시인, 미남 청년, 독신귀족으로 불리면서 런던 사교계의 총아로 떠올라 많은 여인들과 스캔들을 만들었다.

1815년 애너벨러 밀뱅크와 결혼하고 일련의 시를 발표했으나 딸이 태어난 후 아내가 별거를 요구하자 1816년 다시 영국을 떠나 스위스에서 지내면서 〈실롱의 죄수〉(1816) 등을 썼다. 그 후 베니스에서 방종하게 지내면서 〈베포〉(1818), 〈마제파〉(1819) 외에도 대작 〈돈 주안〉에 착수하는 등 계속해서 작품을 썼다. 1822년에는 영국의 낭만파 시인 셸리Percy Bysshe Shelley와 리헌트James Henry Leigh Hunt와 함께 〈리버럴The Liberal〉지를 발간해 풍자시 〈심판의 꿈〉(1822) 등을 발표했다. 그러나 같은 해 7월 셸리가 물에 빠져 죽으면서 이 잡지는 4호를 끝으로 폐간되고 말았다.

바이런은 1823년 메솔롱기온으로 가 그리스의 독립을 도왔다. 그러다 이듬해 열병에 걸려 서른여섯의 나이로 사망하고 말았다. 그로 인해 바이런은 그리스에서 영웅으로 추앙되었다.

한편 바이런의 시신은 영국으로 옮겨졌지만 웨스트민스터 대사원에의 안치가 거부됨에 따라 집안 납골당에 묻혔다. 그런데 아이러니하게도 145년 뒤인 1969년에 그를 기념하는 비가 웨스트민스터 대사원에 세워졌다.

비통한 서정, 날카로운 풍자, 내적 고뇌 등이 잘 드러난 바이런의 시는 유럽은 물론이고 우리나라에서도 널리 애송되었고, 지금도 많은 사랑을 받고 있다.

《차일드 해럴드의 편력》 1825년판

악마주의

Diabolism(惡魔主義)

083

19세기 말 관능욕을 추구한 예술사조.

악마주의는 모든 통속적 도덕과 양식에 반항했다. 대신 끝까지 관능욕을 추구하고 강렬한 자극을 요구했다. 또한 인간성을 배반하는 데에서 스릴과 쾌감을 느끼는 태도를 지녔다. 악마주의란 용어는 이와 같은 사조의 성격을 악마의 성격으로 규정한 데에 그 기원이 있다.

악마주의 예술가들은 '본래 암흑, 불건전, 황폐 등은 심각한 것이지만 동시에 일종의 전율할 만한 쾌감을 줄 뿐만 아니라 인간성의 일면을 확대 · 강조한다'고 주장했다. 바로 여기에 세기말적 예술인 악마주의의 존재 이유가 있다.

19세기에 나타난 퇴폐적 **유미주의**에 이어 등장한 악마주의는 이전의 유미주의보다 강한 퇴폐적 색채를 바탕으로 추악, 퇴폐, 괴기, 전율, 공포 따위에서 시적詩的 아름다움을 찾고자 했다. 대표적인 작가로는 보들레르, 위스망스, 와일드 등이 있다.

## 084

# 유미주의
Aestheticism(唯美主義,)

미의 창조를 유일한 목적으로 삼는 예술사조.

탐미주의耽美主義라고도 한다. 넓은 의미에서의 유미주의는 아름다움 그 자체와 아름다움의 형성을 최고의 가치로 보는 인생관 내지 세계관이다. 예술사로서의 유미주의는 '예술이란 그 자체로서 자족하기 때문에 그 어떠한 목적이 속에 내포되어서는 안 되고, 윤리적 · 정치적 비심미적 기준에 의해 평가되어서도 안 된다'는 주장을 폈다.

예술관으로서의 유미주의는 예술을 위한 예술, 인생관으로서는 인생에 대하여 관조적 · 소극적 · 은둔적 태도, 문학으로서는 인생적 · 공리적 의미를 배제한 순수화의 경향 등을 추구했다. 즉, 미에 대한 철학적 사고가 아니라 아름다움이 예술과 인생에 있어서 어떻게 표현되고, 어떠한 중요성을 가지느냐에 대한 신념이 바로 유미주의라 하겠다.

그 기원은 헬레니즘 시대의 그리스 철학자이자 유물론자였던 에피쿠로스에 있고, 근대의 셸링과 니체에 의해 재확인되었다. 따라서 예술사조로서의 유미주의는 19세기 후반에 대두되었고 할 수 있다.

프랑스의 유미주의는 미국 작가 에드거 앨런 포에게 영향을 받은 보들레르에 의해 구현되었고, 영국에서의 유미주의는 **페이터**에서 라파엘전파를 거쳐 오스카 와일드에 이르러 전성기를 이뤘다.

이들은 주로 정신보다는 감각을, 내용보다는 형식을, 현실보다는 공상을 중시했다. 또한 아름다움을 진실과 선함보다 우위의 것으로 규정했다. 심지어 악惡에서까지 아름다움을 발견하고자 했다.

우리나라에서의 유미주의는 이상의 작품에서 그 흔적을 보이기 시작했다가 1950년대와 1960년대를 지나면서 서정주, 전봉건, 김광림 등의 작품으로 본격화되었다. 이를 바탕으로 1970년대에는 순수시純粹詩와 참여시參與詩에 대한 논쟁이 전개되었다.

## 085

월터 호레이쇼 페이터
Walter Horatio Pater

데카당스 문예사조의 선구자, 비평가(1839.8.4~1894.7.30). 데카당스란 지성보다는 관능, 죄악, 퇴폐에 매력을 느끼고 암흑과 문란 속에서 미를 찾으려 한 문예사조로서 유미주의와 악마주의 등으로 구현된다. 페이터는 강렬하고 풍부한 미적 경험을 유일의 목적으로 하는 허무주의적 심미주의를 역설함으로써 영국의 유미주의를 출발시킨 **문예비평**가다.

영국 런던에서 태어났다. 의사 아버지 덕에 유복한 어린 시절을 보냈다는 것, 옥스퍼드 대학교에서 공부하고 같은 대학의 특별연구원으로 평생을 보냈다는 것 말고는 개인사에 대해 국내에 알려진 것이 별로 없다.

서른네 살 때인 1873년 레오나르도 다 빈치, 보티첼리 등 르네상스 시대의 화가를 중심으로 한 평론집 《르네상스사史 연구 Studies in the History of Renaissance》를 통해 매슈 아널드Matthew

Arnold의 인생론적 비평과 라파엘전파의 심미주의적 태도를 결합시켰다. 그로 인해 19세기 말의 데카당스적 문예사조의 선구자가 되었다.

《르네상스사 연구》에는 정교한 문장으로 쓰인 총 아홉 편의 논문이 실려 있는데, 13세기 프랑스의 설화, 15세기 이탈리아의 미술과 문학, 18세기 독일의 미술사가 요한 요아힘 빙켈만Johann Joachim Winckelmann의 주장까지를 그 내용으로 하고 있다. 또한 레오나르도 다 빈치, 보티첼리, 미켈란젤로 등 중세 유럽 예술계의 거장들에 대해 논함과 동시에 '르네상스는 지성과 상상력, 미적 인생관을 바탕으로 새로운 것을 창조해낸 다면적이고 통일적인 문예부흥 운동'이라고 주장했다.

한편 페이터는 이 책을 통해서 예술 작품과 인간 생활의 아름다움에서 받은 인상을 솔직하게 인식하고 이를 분석 · 종합해 영국에서 처음으로 인상주의 비평을 실천했다. 이러한 페이터의 인상비평은 이전까지 영국에서 주류를 이뤘던 인생비평을 19세기 말 유미주의의 창조적 비판으로 발전시키는 데 공헌했다.

《르네상스사 연구》 외에도 《감상집Appreciations》(1889)이라는 비평집을 출판했다.

페이터는 평론 외에 소설도 썼는데, 작품으로는 장편소설 《향락주의자 마리우스 Marius the Epicurean》(1885), 단

편집 《상상적 초상화Imaginary Portraits》(1887), 미완의 장편
《가스통 드 라투르Gaston de Latour》(1896) 등이 있다.

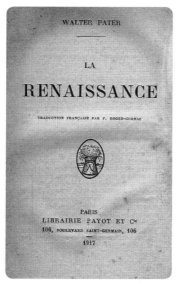

《르네상스사 연구》 프랑스어 판(1917)

문예비평
Literary Criticism(文藝批評)

문학작품의 구성, 작가 세계관, 창작 기법, 미적 가치 등을 판단하는 일.

문학사적으로 문예비평이라고 할 수 있는 최초의 작업은 기원전 4세기경 그리스의 아리스토텔레스가 쓴 《시학詩學》이라 할 수 있다. 아리스토텔레스는 《시학》에서 동시대와 이전 시대의 서사시 및 극작품의 구조를 분석하고, 그것이 독자나 관객에게 미치는 효과를 추정해냈고, 그로 인해 찬반론 등 많은 논의를 빚었다. 특히 그는 비극의 피 비린내 나는 효과가 관객에게 카타르시스를 획득하게 한다고 했다. 즉, 평소 갖고 있던 답답함과 공포의 감정으로부터 해방되어 쾌감을 불러일으키게 한다고 주장했다. 이 주장은 비극작품의 내면과 관객 마음의 움직임을 동시에 관찰하여 얻은 탁월한 비평으로 오늘날까지도 큰 영향을 미치고 있다. 또한 아리스토텔레스는 연극에 있어서 행위·시간·장소의 일치, 즉 3일치의 법칙을 주장해 관객이 작품을 통해 감동을 얻을 수 있도록 배려하기도 했다.

아리스토텔레스의 비평은 로마 문학으로 계승되었는데, 호라티우스는 자신의 《시론》에서 이를 한층 정교하고 치밀하게 다듬었다. 또한 자신의 창작 체험을 바탕으로 서정시나 풍자시의 영역에 결정적인 이론을 세움으로써 고전주의적 문예비평을 완성시켰다.

르네상스 시대에는 중세 신학의 지배에서 벗어나 근대 문학으로 진일보하는 동시에 그리스 · 라틴 문학을 재발견했는데, 이러한 고전 존중의 기운은 문예비평에도 영향을 끼쳤고, 이는 그로부터 100여 년 뒤 영국과 프랑스를 중심으로 진행된 고전주의 문학 하에서 비평 활동을 한 영국의 드라이든과 프랑스의 부알로로 이어졌다.

드라이든John Dryden은 셰익스피어 작품을 평가하는 데 있어서 고전 시학을 근거로 삼는 교조주의教條主義를 엄격하게 경계했고, 부알로Nicolas Boileau는 루이 14세 때의 프랑스 고전문학을 이론화했다.

낭만파 시대의 비평은 근대 비평의 비조鼻祖라 불리는 프랑스 비평가 생트-뵈브Charles Augustin Sainte-Beuve의 등장으로 진일보한다. 그는 종래 고전 시학의 기준을 모조리 내던지고 18세기에 완성을 본 근대의 과학정신을 바탕으로 문학작품을 있는 그대로 포착, 그 실태를 추구하려 했다. 또 작품의 배경으로 작가의 개인사를 조사, 작가의 내면세계와 작품 사이의 유기적인 관련을 발견하는 비평심리학批評心理學을 만들었으며, 더 나아가 한 나라 문학의 전개를 그 나라의 역사 위에서 파악하려는 역사비평을 만들어냈다. 무엇보다도 그의 업적은 문학의 변방에 지나지 않았던 비평을 당당하게 하나의 완결된 문학 장르일명 창조로서의 비평로 인정받게 만들었다는 것이다. 이러한 비평은 다음 세대인 보들레르의 예술비평에서 한층 확고하게 자리 잡았다.

오늘날의 비평은 1930년대 미국에서 시작된 **뉴크리티시즘**에 그 기원을 둔다. 즉, 낭만파적인 편견을 일소하고 문학작품 자체의 기능을 가능한 한 순수하게 수렴하려 한 것이다. 이러한 뉴크리티시즘은 롤랑 바르트Roland Barthes의 구조주의 비평과 노스롭 프라이Northrop Frye의 신화비평神話批評으로 변모해 오늘에 이르고 있다.

우리나라에서 문예비평이 근대적 모습을 갖추게 된 데에는 1920년대 후반 민족주의 문학파와 프로문학파와의 대립과 논쟁이 큰 역할을 했다. 즉, 김기진, 박영희 등 프롤레타리아 계급혁명에 바탕을 둔 문학을 수행해야 한다는 프로문학파와 염상섭 등 민족주의를 주장하는 국민문학파, 그리고 양측의 타협을 주장한 양주동 등의 절충파들이 자신들의 주장을 이론화하기 위한 수단으로 비평을 사용했던 것이다. 이후 30년대에는 임화,

김남천, 안함광 등 카프 문인들을 주축으로 한 계급문학론이 이어졌다가 1934년을 전후로 전문적인 비평가가 대거 등장했다. 대표적인 비평가로는 김환태, 김문집, 백철, 이원조, 이헌구 등이 있다.

광복 후 비평계는 정치적 대립 상황이 그대로 반영되어 민족문학과 정치주의 문학을 놓고 치열한 논쟁이 벌어졌고, 한국전쟁 후에는 영·미 문학과 프랑스 문학의 문예이론을 받아들여 문학작품의 구조적인 분석에 주력했다. 이러한 경향은 민족문학의 이론 확립에 관한 꾸준한 작업과 함께 오늘까지 진행되고 있다.

생트-뵈브

087 뉴크리티시즘
New-Criticism

예술 작품을 자율적 총체로서 고려해야 한다는 비평의 한 유파.

문학을 윤리나 과학, 역사 등에서 분리해 작품 자체의 분석과 가치부여에 전념하고자 했다. 1930년대에서 1950년대 미국과 영국에서 성행했다. 우리말로는 신비평新批評이라고 한다. 뉴크리티시즘은 스핑건Joel Spingarn이 1910년 컬럼비아 대학에서 한 연설 중 처음 사용함으로써 등장했고, 1941년 존 크로 램섬John Crowe Ransom이 자신의 《뉴크리티시즘》이란 저서에서 새로운 비평 방법으로 사용한 후 일반적으로 알려지게 되었다. 이후 문예지인 〈스와니 리뷰〉, 〈캐년 리뷰〉 등을 통해 급속하게 확대되었다.

뉴크리티시즘에 입각한 비평가들은 원작에 대한 직접적인 분석을 중시, 예술작품을 작가의 전기적 산물이나 문화·사회적 산물이 아닌 자율적인 총체로서 고려해야 한다고 주장했다. 뉴크리티시즘의 이론을 세운 것은 포드John Ford로서 그는 "시는 이전 세기의 모든 전통에서 벗어나 가장 우수한 산문에서 새로운 언어 기법을 발굴해야 한다"고 주장했다. 이러한 포드의 주장은 시어의 독창성을 주장하는 흄Thomas Ernest Hulme의 이론으로 이어졌으며, 마침내 1908년 에즈라 파운드를 중심으로 한 이미지스트 운동으로 발전했다.

이러한 뉴크리티시즘의 방법론은 T. S. 엘리엇의 〈통어統語된 감수성〉과 〈객관적 상관물相關物〉과 같은 시어론을 통해 구체화되었고, 리처즈Ivor Armstrong Richards의 심리학과 의미론에 의해 보충되면서 이론으로서의 확고한 바탕을 수립하게 되었다. 특히 리처즈의 이론은 포드, 흄, 파운드 등이 추구한 이미지즘에서 출발해 **콜리지**의 상상력 이론과 근대 언어학의 영향을 받아 완성되었다.

뉴크리티시즘은 언어에 대한 관심이 강해서 패러독스나 아이러니를 중시했고 복잡한 의도가 숨어 있는 시의 분석을 즐겼는데, 지나치게 언어 조건 분석에 치우친 탓에 여러 가지 약점을 드러냈다. 그로 인해 자체 내에서도 반성이 일어났다. 그러나 텍스트 분석의 신중성과 내재적인 작품 가치를 고양하였다는 점에서 그 공을 인정받고 있다.

뉴크리티시즘 운동의 중심이 된 곳은 밴 더빌트 대학으로, 1922년부터 1925년까지 〈도망자The Fugitive〉라는 기관지를 발간하기도 했다.

우리나라에 뉴크리티시즘이 소개된 것은 1950년대 말로 그 중심에는 백철, 김용권, 김종길 등이 있었다. 뉴크리티시즘은 인상주의 비평에 기울어 있던 한국 현대 비평에 반성을 촉구시키면서 폭넓은 실천비평의 방법으로 자리 잡았다. 1960년대 이어령, 김용직, 유종호, 오세영, 이승훈 등이 뉴크리티시즘을 이어나갔다.

뉴크리티시즘이란 용어를 최초로 사용한 조엘 스핑건

088 새뮤얼 테일러 콜리지
Samuel Taylor Coleridge

영국의 시인, 평론가(1772.10.21~1834.7.25).

낭만주의에 입각한 작품을 쓴 시인이자 사회비평가, 문학평론가, 신학자, 심리학자였다. 데본에서 태어났다. 목사의 9남 1녀 중 막내로서 어릴 때부터 신동神童의 면모를 보였다고 한다. 친구였던 찰스 램Charles Lamb은 자신의 저서 《엘리아 수필집Essays of Elia》을 통해 영민했던 콜리지의 어린 시절을 묘사하기도 했다.

콜리지는 케임브리지 대학교 졸업 후 워즈워스와 함께 1798년 영국 낭만주의에 기념비적인 작품 **《서정가요집》**을 공저 · 출판했다. 서사시 〈늙은 선원의 노래The Rime of the Ancient Mariner〉와 영어로 쓰인 최초의 초현실주의 시라고 일컬어지는 〈쿠빌라이 칸Kubla Khan〉, 미완성의 서사시 〈크리스타벨Christabel〉 등의 작품을 발표해 '환상적 · 상징적인 설정 속에서 인간 의식의 심연을 탐구한 걸작'이라는 평을 받았다.

1797년부터 1년간은 〈심야의 서리〉처럼 회화시會話詩라고 일컬어지는 일련의 독특한 작품을 쓰기도 했다. 그러나 이후 급속도로 창작력이 감퇴되었고, 그로 인한 괴로움을 〈실의의 노래〉(1802)라는 시로 승화시키기도 했다. 결국 이 작품은 그에게 마지막 수작이 되고 말았다.

대신 이후의 콜리지는 평론가·사상가로서 이름을 드높였다. 《문학평전Biographia Literaria》(1817) 외에도 강연과 담화 형식으로 쓴 〈셰익스피어론〉을 비롯한 많은 평론을 발표했다.

특히 콜리지는 18세기 합리주의를 비판하면서 시의 창작에 있어서 상상력을 우위에 두어야 한다고 주장했다. 이러한 그의 시 방법론은 20세기의 뉴크리티시즘 등에 큰 영향을 끼쳤다. 또한 그의 철학은 종교와 정치에까지 그 영향이 미쳤으며, 19세기 중엽의 그리스도교 사상에도 큰 영향을 주었다.

한편 그는 수첩에 많은 것을 기록해두었는데, 죽은 후 책으로 발간되면서 세간의 이목을 끌기도 했다.

서정가요집
Lyrical Ballads(抒情歌謠集)

영국의 시인 워즈워스와 콜리지가 공저한 시집.

1798년 간행되었다. 영국의 낭만주의 운동은 이 시집에 의해 출발했다고 해도 과언이 아니다. 제1판은 저자의 이름 없이 출간되었고, 1800년의 제2판에서야 두 시인의 이름을 밝혔다.

제2판부터의 서문은 워즈워스가 썼는데, 거기에는 "가난한 시골 사람들의 자발적인 감정만이 진실된 것이며, 그들이 사용하는 소박하고 친근한 언어야말로 시에 알맞은 언어"라는 문장이 있다. 이로써 워즈워스는 이전 시대를 풍미한 고전주의적 시를 공격, 18세기의 기교적인 시어를 배격하는 대신 지금 우리가 쓰고 있는 일상어를 시 속에 받아들여야 한다고 주장했다. 이 서문은 이후 전개된 낭만주의의 선언서와 같은 역할을 했다.

공동 저자 중 한 명인 콜리지는 자신의 저서《문학적 자서전》에서《서정가요집》에 대해 논하면서 "**워즈워스**는 일상적인 것 속에서 시적인 것을 찾아 이를 노래했고, 나는 초자연적이며 몽환적인 것을 노래했다"고 밝혔다.

콜리지는 초판에 3편, 제2판부터는 5편의 시를 실었다. 그중 〈늙은 선원의 노래〉와 〈사랑〉이 가장 유명하다. 워즈워스의 것으로는 〈틴탄 수도원의 시〉, 〈우리는 7인〉, 〈이른 봄〉, 〈백치의 소년〉 등이 대표작이다.

《서정가요집》은 제목이 시사하는 바 그대로 소박한 민요의 정신을 전체적인 특징으로 하고 있다. 영국의 낭만주의를 이끌었던 두 시인의 책답게 상상력을 인간 정신 최대의 활동력으로 간주한 작풍이 고스란히 배어 있다.

오늘날 영국 문학사에서는 《서정가요집》을 문학사에 한 획을 그은 획기적인 작품이자 낭만주의의 시작을 알리는 크나큰 사건으로 받아들이고 있다.

《서정가요집》 초판본

090 윌리엄 워즈워스
William Wordsworth

영국 낭만파 시인(1770.4.7~1850.4.23).

잉글랜드 북부에 있는 코커머스에서 태어났다. 변호사의 아들로 태어났지만 여덟 살 때 어머니를, 열세 살 때 아버지를 여의었다. 이후 백부의 도움으로 케임브리지 대학교 세인트 존스 칼리지에 입학할 수 있었다. 재학 중이었던 1790년에는 프랑스와 알프스 지방을 도보로 여행했고, 1791년 졸업한 후에는 프랑스로 건너갔다. 이 시기 프랑스는 대혁명(1789.7~1794.7)을 겪고 있었는데, 워즈워스는 이런 분위기 속에서 프랑스 대혁명을 이뤄낸 혁명의 이상에 깊은 감명을 받았다.

1792년 귀국한 워즈워스는 1793년에 최초의 장시 〈저녁 산책An Evening Walk〉과 〈소묘풍경Descriptive Sketches〉을 발표해 여행에서 얻은 체험을 생생한 자연 묘사로 표현했다.

한편 워즈워스는 영국과 프랑스 사이가 악화되자 공화주의적인 정열과 조국애 사이에서 갈등을 겪던 중 1795년 친구의 도움으로 레이스다운으로 옮겼고, 이후 조용한 자연과 누이의 자상한 보살핌 속에서 안정을 되찾았다. 또 1797년 여름에는 올폭스덴으로 이주해 가까운 곳에 살고 있던 콜리지와 교류하면서 그에게 영향을 받았다. 결국 이러한 인연을 바탕으로 1798년 공동으로 《서정가요집》을 출판했다. 이 책에서 콜리지는 초자연의 세계를, 워즈워스는 일상의 비근한 사건을 각각 다룸으로써 새로운 시경詩境을 개척했다.

초판이 발간된 지 얼마 안 되어 이들은 독일로 여행을 떠나 고슬라에서 겨울을 보냈다. 이때 워즈워스는 향수 탓이었는지 영국 소녀를 주제로 한 시집 《루시의 노래 Lyrical Ballads》를, 그리고 자신이 지금까지 해온 시의 발자취를 내면적으로 더듬어 《서곡Prelude》(1805)을 집필하기 시작했다.

워즈워스는 1799년 독일에서 귀국한 후 누이와 함께 더브코티지에서 살면서 1802년 누이의 친구 허친슨과 결혼했다. 그 무렵 동생의 사고사와 콜리지의 와병 등으로 심적 고통을 겪으면서도 국외 정세에 민감해서 열렬한·애국자로 활동하기도 한다. 더불어 그의 생애 중 가장 왕성하게 작품 활동을 했다. 늙은 양치기와 그의 아들의 운명을 그린 《마이켈Michae》(1800)을 비롯해 《서곡》을 완성했다. 또한 〈나는 홀로 구름처럼 헤매었다〉, 〈홀로 추수하는 아가씨〉, 〈무지개를 볼 때 나의 가슴은 뛴다〉

와 같은 명시가 수록된 《2권의 시집Poems, in Two Volumes》
(1807)을 내놓았다. 특히 이 시집에 수록된 〈영혼불멸송
靈魂不滅頌〉에는 '태어날 때 순수한 넋을 지녔던 인간이 자
라남에 따라 신과 자연으로부터 멀어져 간다'는 인간관
이 피력되어 있다. 1813년 라이덜마운트로 이주한 후에
는 도덕적 · 보수적인 색채가 농후해져 장편시 〈소요The
Excursion〉(1814)와 같은 작품을 쓰기도 했다.

워즈워스의 명성은 1820년경부터 높아졌다. 그 결과
1843년에 로버트 사우디Robert Southey의 뒤를 이어 **계관
시인**이 되었다. 그때 그의 나이 일흔세 살이었다.

영국 문학사에서 워즈워스는 톰슨James Thomson과 윌
리엄 쿠퍼William Cowper에서부터 싹트기 시작한 자연에
대한 감수성을 심오화시킨 시인으로 평가한다. 동양에
비해 상대적으로 희박했던 자연에의 미적 관심이 작품
으로 나타났다는 것만으로도 영문학만이 아니라 유럽
문화사상 커다란 의미가 있다.

윌리엄 워즈워스의 시
〈무지개〉

〈무지개〉

하늘의 무지개를 볼 때마다

내 가슴 설레니

나 어린 시절에 그러했고

다 자란 오늘에도 매한가지다

쉰 예순에도 그렇지 못하다면

차라리 죽음이 나으리

어린이는 어른의 아버지

바라노니 나의 하루하루가

자연의 믿음에 매어지고자

The Rainbow

My heart leaps up when I behold

A rainbow in the sky:

So was it when my life began;

So is it now I am a man;

So be it when I shall grow old,

Or let me die!

The Child is father of the Man;

I could wish my days to be

Bound each to each by natural piety.

계관시인

Poet Laureate(桂冠詩人)

영국 왕실이 영국의 가장 명예로운 시인에게 내리는 칭호.

국민시인이라고도 한다. 영국은 계관시인을 종신제로 하고 있으며, 오늘날에는 국왕 대신 총리의 추천으로 임명하고 있다. 이전에는 왕실의 경조사 때 시를 지어 바치는 등 특정한 의무가 있었지만 지금은 그렇지 않다. 국가로부터 연봉을 받는다.

계관시인이라는 명칭은 고대 그리스와 로마시대에 명예의 상징으로 월계관을 씌워준 데에서 유래한다. 월계관은 본래 태양의 신 **아폴로**에게 바친 것으로 고대 그리스에서는 시인이나 영웅의 영예를 기리기 위해 수여되었다.

근대적 의미의 계관시인이란 칭호는 제임스 1세가 1616년에 벤 존슨Ben Jonson에게 수여한 것이 시초다. 그러나 정식으로 임명된 것은 존 드라이든 때부터였다. 이때 드라이든은 계관시인이라는 명예와 함께 연봉 300파운드, 카나리아제도산産 포도주 1통을 받았다고 한다.

그러나 포도주를 부상으로 주었던 관행은 1790년 계관 시인으로 임명된 헨리 제임스 파이Henry James Pye가 포도 주 대신 현금을 원하면서부터 폐지되었다.

오늘날까지 공식 증서에 의해 임명된 계관시인을 살펴보면 다음과 같다.

존 드라이든John Dryden, 1670~1689

토마스 쉐드웰Thomas Shadwell, ~1692

네이훔 테이트Nahum Tate, ~1715

니콜러스 로Nicholas Rowe, ~1718

로렌스 유즈든Laurence Eusden, ~1730

콜리 시바Colley Cibber, ~1757

윌리엄 화이트헤드William Whitehead, ~1785

토마스 왓슨Thomas Warton, ~1790

헨리 제임스 파이Henry James Pye, ~1813

로버트 사우디Robert Southey, ~1843

윌리엄 워즈워스William Wordsworth, ~1850

앨프레드 테니슨Alfred Tennyson, ~1892

앨프레드 오스틴Alfred Austin, 1892~1913

로버트 시모어 브리지스Robert Seymour Bridges, ~1930

존 메이스필드John Masefield, ~1967

세실 데이-루이스Cecil Day-Lewis, ~1972

존 베처먼John Betjeman, ~1984

테드 휴스Ted Hughes, ~1999

앤드루 모션Andrew Motion, ~2009

캐럴 앤 더피Carol Ann Duffy, ~현재까지

계관시인 제도는 영국 외에도 미국, 캐나다, 이탈리아, 폴란드 등에도 있다.

미국에서는 1937년부터 시행해온 '시 고문Consultant in Poetry to the Library of Congress'이란 명칭을 1986년부터 '계관시인Poet Laureate Consultant in Poetry to the Library of Congress'으로 바꾸고 의회도서관에서 시 부문 고문의 지위를 갖는 사람에게 부여하고 있다. 미국의 계관시인은 매년 새로 임명되며, 시 낭송회와 강연을 하는 것 외에 특별한 의무 사항은 없다.

## 092

아폴로
Apollo

고대 그리스 신화의 신이자 신고전주의 발레 작품의 제목.

〈아폴로〉는 미국의 현대 발레 안무가 아돌프 볼름 Adolf Bolm이 안무해 완성한 발레 작품이다. 작품의 근간이 된 음악은 나폴리 가면희극의 시나리오 〈아폴로 무사게테스Apollo Musagetes〉에 **스트라빈스키**가 곡을 입혀 1928년에 발표한 발레곡 〈뮤즈를 인도하는 아폴로 Apollon musagète〉다. 1928년 4월 27일 미국 국회도서관에서 초연되었으나 실패했다.

같은 해 6월 12일 러시아 출신의 무용가 겸 안무가인 게오르게 발란친George Balanchine이 새롭게 안무한 작품이 파리 사라베른하르트 극장에서 선을 보였고, 전작의 실패가 무색할 정도로 큰 성공을 거뒀다. 작품에 참여한 발레단은 1909년 세르게이 파블로비치 디아길레프Sergei Pavlovich Diagilev가 조직한 러시아 발레단 '발레 뤼스Ballets Russes'였다. 주인공 아폴로는 러시아 출신의 발레리노 세르게 리파르Serge Lifar가 맡았는데, 이 작품의 성공이

세르게 리파르의 춤 덕분이라는 평을 얻었을 정도로 그는 아름답고 화려한 아폴로를 완벽하게 표현해냈다. 이후 이 작품은 제목을 〈아폴로Apollo〉로 바꿨다.

무대는 레토가 아폴로를 낳는 장면에서 시작한다. 아폴로가 선물로 받은 악기 리라를 연주하자 이에 현혹된 세 명의 뮤즈, 즉 칼리오페, 폴리힘니아, 테르프시코라가 아폴로의 마음을 얻기 위해 각각 자신만의 춤을 보여준다. 이어서 테르프시코라와 파트너가 된 아폴로가 2인무를 춘 다음 제우스의 부름에 응답, 아폴로는 뮤즈들과 함께 올림포스로 간다.

줄거리에서 알 수 있듯이 〈아폴로〉는 일정 줄거리에 따랐다기보다 각각의 장면에 충실한 작품이다.

〈아폴로〉의 주연을 맡았던 세르게 리파르

이고르 페도로비치 스트라빈스키

Igor Fedorovich Stravinsky

## 093

러시아 출신의 미국 작곡가(1882.6.17~1971.4.6).

페테르부르크에서 태어났다. 페테르부르크 궁정 오페라단의 베이스 가수였던 아버지에게 음악적 재능을 이어받은 스트라빈스키는 오페라 연습을 하는 아버지의 노랫소리를 항상 들었고, 상트페테르부르크의 마린스키 극장에서 공연되는 오페라와 발레도 심심찮게 보며 자랐다. 이런 음악적 환경에서 그는 아홉 살 때부터 피아노와 화성법, 대위법을 공부했다.

음악가의 길을 반대한 부모의 뜻에 따라 페테르부르크 대학에서 법률을 전공했다. 하지만 음악에 대한 미

련을 버리지 못해 열아홉 살 때 니콜라이 안드로비치 림스키-코르사코프Nikolay Andreyevich Rimsky-Korsakov에게 작곡, 특히 악기편성법에 대해 1903년부터 3년 동안 개

인지도를 받았다.

1907년 스물다섯 살 때 제1교향곡을 썼고, 이듬해 1월에 초연해 이목을 집중시켰다. 다음 해에는 림스키-코르사코프 딸의 결혼 축하 선물로 준 관현악곡 〈불꽃Feu d'artifice〉을 써서 비로소 작곡가로서의 재능을 나타내기 시작했다.

같은 해 스트라빈스키는 〈불꽃〉에 감명 받은 안무가이자 발레단 '발레 뤼스'의 단장이었던 디아길레프로부터 자신의 예술적 협력자들의 모임에 참여해달라는 요청을 받았다. 또한 디아길레프는 1910년 발레 시즌을 위해 새로운 발레 모음곡 〈불새L'oiseau de feu〉의 작곡을 위촉했다.

스트라빈스키는 〈불새〉와 다음 해에 발표한 〈페트루슈카Petrushka〉가 성공함으로써 작곡가로서의 지위를 확립했다. 이들 발레 **모음곡**들은 독창적이고 현란한 선율로 유럽은 물론이고 미국에까지 파문을 일으켰다.

스트라빈스키의 스승이자 국민악파의
거장 림스키-코르사코프

그 후에 발표한 〈봄의 제전Le Sacre du printemps〉(1913)은 파리 악단에 찬반양론의 소동을 일으켰다. 일부는 그를 파괴자로 지칭하기도 했다. 그만큼 그의 작품은 혁신적인 리듬과 관현악법에 의한 원시주의적인 색채감, 그리고 파괴력을 지니고 있었다. 결국 이 작품을 통해 스트라빈스키는 당시 전위파 기수의 한 사람으로 주목 받게 되었다.

제2차 세계대전 발발 이후인 1945년 미국으로 망명·귀화한 스트라빈스키는 〈3악장의 교향곡Symphony in 3 Movements〉(1945), 〈미사Mass〉(1948)로 재기해 제2의 전성기를 구가했다. 이후 스트라빈스키는 종교음악에 심취, 〈설교, 설화 및 기도A Sermon, A Narrative and A Prayer〉(1961), 칸타타 〈아브라함과 이삭Abraham and Isaac〉(1963), 합창곡 〈케네디의 추억을 위하여Ála mémoire de Kennedy〉(1965) 등의 작품을 남겼다.

《내 생애의 연대기Chronicle of My Life》(1935)와 그가 하버드 대학에서 강연한 것을 정리한 《음악의 시학Poetics of Music》이라는 책을 쓰기도 했다.

1966년 이후 건강이 급속도로 나빠졌지만 스트라빈스키는 작품 활동을 이어나갔고, 죽기 1년 전인 1970년에도 바흐의 몇몇 전주곡과 푸가들을 편곡하는 작업을 했다. 지금 그의 무덤은 베네치아의 산미켈레 섬에 있다.

스트라빈스키는 비판적인 귀로 이전의 음악 재료들을 실험했고, 기존의 관례를 수용하는 대신 자신의 음악 재료들을 자신만의 실험 체계에 종속시키려 했으며, 복합

박자를 실험하는 데 주저하지 않았다. 또한 이전의 대칭적 악구의 전통을 깨뜨리는 등 20세기 음악에 독특한 공헌을 했다.

1919년 공연된 발레 〈불새〉의 한 장면

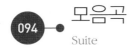

모음곡
Suite

몇 개의 소곡小曲을 배열한 기악곡.

조곡組曲이라고도 한다. 중세 말의 사교무도나 민속무도에 기원이 있다. 모음곡이 음악형식으로 정립된 것이나 용어가 정리된 것은 무곡이 성행했던 16세기에 들어서다. 초기의 모음곡은 무곡의 배열이 비교적 자유로웠으나 17세기에 들어서 독일의 프로베르거Johann Jacob Froberger와 같은 음악가들에 의해 그 정형이 완성·확립되었다. 이후 모음곡은 네 가지 무곡이 기본을 이루게되었다. 또한 이러한 정형화와 더불어 모음곡을 이룬 각각의 무곡은 하나의 독립적인 음악으로 양식화되었다.

모음곡은 크게 여러 형태의 무곡으로 이루어진 고전모음곡과 무곡 이외의 곡으로 이루어진 근대모음곡으로 나뉜다.

고전모음곡은 바로크 시대의 중요한 기악 형식 중 하나로 박자, 리듬, 템포, 악상樂想 등이 대조를 이루도록 몇 개의 무곡을 배열했다. 주로 4~8곡을 배열했는데, 전체가 동일한 조성調性으로 통일되어 있다. 초기에는 류트

321

를 위한 음악이 중심이었으나 점차 쳄발로를 위한 작품이 중심을 이뤘다. 실내악이나 관현악용 모음곡도 있다.

이와 같은 고전모음곡의 발전에 가장 큰 공헌을 한 작품은 바흐의 〈평균율 클라비어곡Das wohltemperierte Klavier〉이다. 〈평균율 클라비어곡〉은 프로베르거 이후 유지되어온 기본악장을 계승하면서도 당시 유행하던 미뉴에트·부레·가보트 등의 무곡을 임의로 삽입하거나 전주곡을 곁들였다. 한편 프랑스에서는 전체의 통일보다는 개개의 무곡을 성격화하고 양식화하는 데 집중했다.

고전모음곡은 주로 쳄발로 등의 건반악기 분야에서 발달했는데, 프랑스에서는 관현악을 위한 모음곡이 주류를 이뤘다. 프랑스의 모음곡은 프랑스의 궁정 오페라나 발레무곡을 대본으로 하되 무곡의 배열은 비교적 자유로웠다. 그러나 궁정宮廷의 로코코 취향을 반영했던 프랑스의 모음곡은 18세기 중엽 혁명을 거치면서 귀족계급의 세력이 쇠퇴함에 따라 모습을 감추게 되었다.

근대모음곡은 19세기 중엽부터 나타나기 시작했다. 관현악용 모음곡으로 고전모음곡처럼 정해진 형태가 없어서 무곡 이외의 곡, 즉 오페라나 발레, 연극의 **부수음악** 가운데 성격이 다른 몇 곡을 자유로이 배열하기도 했다. 근대모음곡 중 대표적 관현악용 모음곡에는 비제의 〈아를의 여인L'Arlésienne〉, 차이콥스키의 〈호두까기

인형Nutcracker〉, 스트라빈스키의 〈불새〉 등이 있다. 드뷔시의 〈어린이의 세계Children's Corner〉, 라벨의 〈쿠프랭의 무덤Le Tombeau de Couperin〉처럼 피아노를 위한 모음곡도 있다.

발레는 남성의 전유물이었다?

오늘날의 발레와 같은 형태가 처음으로 갖춰지고 공식화된 것은 1581년이었다. 이때의 발레는 서민들을 위한 것이 아니라 다른 나라에 자국의 권위를 세우기 위한 수단으로 사용되던 궁중 유희였다. 무용수들은 장식이 화려한 의상을 입고 있었고, 가면까지 쓰고 있었다. 무언극이나 가면극 등으로 시작된 것이다. 또 공연에 참여한 이들은 전문적으로 무용 교육을 받은 무용수가 아니라 아마추어들이었다.

이탈리아 귀족 사회에서 유행하던 발레가 프랑스 등 서유럽으로 퍼진 것은 16세기경 프랑스 앙리 2세의 왕비 카트린느 때문이라는 것이 정설이다. 그녀는 이탈리아 메디치 가문 출신으로 발레에 익숙해져 있었기 때문에 열네 살에 프랑스로 시집 온 후부터 많은 비용을 들여 발레 공연을 무대에 올렸다고 한다. 1672년 파리에 발레 학교가 생기면서 전문 무용가가 배출되기 시작했다.

그런데 초기 궁정에서 공연된 발레의 무용수들은 모두 남성이었다. 때문에 여성의 역할은 가면을 쓴 소년들이 맡았다. 이는 여성을 드러내는 것을 금기시한 중세의 영향 때문이었다. 그러나 발레 학교 설립과 함께 전문 무용수가 배출되면서 1681년 드디어 여성 무용수가 등장하여 오늘에 이르고 있다.

부수음악
Incidental Music(附隨音樂)

연극 등에 붙여지는 음악.

부대음악이라고도 한다. 보통 기악곡이다. 성악곡이 수반되는 경우도 있다. 극을 할 때 반주로 사용하던 음악을 말한다. 막과 막 사이에서 사건의 진행을 표현하거나 극 전체의 시작이나 끝을 알리는 등 극적 효과를 높이기 위해 사용하는 음악이다. 전주곡과 간주곡은 엄밀히 말하면 부수음악이 아니다.

부수음악은 고대 그리스·로마, 고대 동양의 연극과 중세의 전례극에서 그 기원을 찾을 수 있다. 그러나 본격적인 부수음악의 시작은 16세기부터라고 할 수 있다. 1535년 영국에서 공연된 니콜라스 우달의 〈랠프 로이스터 도이스터Ralph Roister Doister〉에는 막과 막 사이에 노래와 기악곡을 넣었고, 16~17세기에 유행했던 대부분의 가면극들도 음악을 보조적으로 사용했다.

셰익스피어의 〈헛소동Much Ado About Nothing〉, 〈템페스트 Tempest〉, 〈베니스의 상인The Merchant of Venice〉 등의 극에도 부수음악이 사용되었다. 셰익스피어는 자신의

희곡을 무대로 옮길 때 특별히 부수음악을 요구했다고
한다.

하지만 이때의 음악들은 당시 인기 있던 노래이거나
즉흥연주곡으로서 공연을 위해 끌어 모은 것들이었다.
이후 프랑스의 장 바티스트 륄리Jean-Baptiste Lully가 궁정
의 코미디-발레comédie-ballets를 위한 부수음악을 작곡하
면서 본격적으로 창작된 부수음악이 유행하기 시작했
다. 19세기의 부수음악은 관현악곡으로 많이 작곡되었
는데, 이러한 전통은 20세기까지 이어졌다.

고전파와 낭만파의 음악가들도 요청에 의해, 혹은 자
의로 부수음악을 많이 작곡했다. **베토벤**의 〈에흐몬트
Egmont〉, 멘델스존의 〈한여름 밤의 꿈Ein Sommernachtstraum〉,
그리그의 〈페르 귄트〉 등이 모두 부수음악이다.

20세기에 들어와 부수음악을 주도했던 장르는 영화
와 텔레비전으로 이야기 전개와 분위기 조성을 위해 사
용하고 있다. 한편 오늘날의 부수음악은 한 작품에 한
번 사용되고 폐기되는 1회용으로 여겨지고 있다.

## 096

루트비히 판 베토벤

Ludwig van Beethoven

빈고전파를 대표하는 독일 작곡가(1770.12.17~1827.3.26). 본에서 태어났다. 할아버지 루트비히와 아버지 요한 모두 음악가였다. 베토벤의 아버지는 어릴 때부터 그에게 재능이 있음을 알아채고 아들을 통해 자신의 음악적 욕망을 실현하고자 했다. 그래서 네 살 때부터 가혹한 연습을 시켰고 일곱 살 때에는 피아노 연주회까지 열어주었다. 심지어 신동임을 내세우기 위해 베토벤의 나이까지 속였다. 때문에 베토벤은 마흔 살이 될 때까지 자신이 1772년에 출생한 것으로 알아야만 했다.

열두 살이었던 1782년 베토벤은 궁정 예배당의 오르간 연주자가 되었고, 2년 만에 정식 멤버로 임명되는 등  재능을 발휘했다. 그러나 열다섯 살부터는 집안의 생계를 위해 피아노 교습으로 돈을 벌어야 했다.

1787년 열일곱 살 때 빈으로 여행을 간 베토벤은 평소 흠모

하던 모차르트를 만나 그에게 사사했다. 당시 모차르트는 서른한 살로 전성기를 구가하고 있었다. 하지만 베토벤은 어머니가 위독하다는 소식을 듣고 본으로 돌아와야 했다. 1792년에야 바르트슈타인 백작을 비롯한 친구들에게 도움을 받아 빈으로 유학을 떠난 베토벤은 하이든, 살리에리 등에게 사사, 음악가로서의 기반을 다져나갔다.

1795년에는 피아노 연주자로서 데뷔하는 한편 〈피아노 3중주곡〉을 발표해 작곡가로 이름을 알리기 시작했다. 이후 프라하와 베를린 등지로 연주 여행을 다니면서 〈제1교향곡〉(1800)과 여섯 곡의 현악4중주곡을 발표했다. 그러나 서른 살 무렵부터 악화되기 시작한 귓병으로 인해 연주자로서의 활동은 포기해야만 했다. 이후 베토벤은 작곡에만 전념, 외부와의 접촉을 피하면서까지 집중한 결과 〈제2교향곡〉(1802), 오라토리오 〈감람산상의 그리스도〉(1803), 제3교향곡 〈영웅〉(1804)을 작곡했다. 이로써 그는 이전 음악가인 하이든과 모차르트가 가진 정적靜的 고전성古典性에서 벗어나 동적인 힘을 특징으로 하는 자신만의 개성을 확립했다.

1805년에 발표했으나 실패했던 2막 오페라 〈피델리오Fidelio〉가 인정을 받게 된 1814년 이후 베토벤의 작품은 유럽 각지의 출판사에서 활발하게 간행되었다. 그 덕

베토벤의 악보

분에 베토벤은 안정된 생활을 할 수 있었다.

교향곡 〈영웅〉 이후 베토벤은 생애 가장 활발한 작곡 활동을 했다. 교향곡, 서곡, 협주곡, 피아노소나타, 바이올린소나타, 기타 실내악 들의 대부분이 이 시기에 쓰였다. 제5교향곡 〈운명〉(1808), 제6교향곡 〈전원〉(1808), 피아노협주곡 제5번 〈황제〉(1809), 괴테의 극시劇詩의 부수음악 〈에흐몬트〉(1810) 등이 대표적인 작품이다.

1815년 이후의 12년 동안 베토벤은 완전히 귀가 먹어 필담筆談을 통해서만 의사소통이 가능한 상태에서도 작곡 활동을 지속, 마침내 〈장엄미사곡〉(1823)과 제9교향곡 〈합창〉(1824)을 내놓았다.

이후 베토벤은 조카인 카를의 교육에 몰두했는데, 이러한 조카에 대한 집착은 병을 악화시키는 결과를 낳았고, 결국 1827년 끝내 숨을 거두고 말았다.

베토벤 음악은 전반기에는 강고한 형식감을, 후반기에는 힘 대신 깊은 내면을 특징으로 한다. 이를 바탕으로 베토벤은 하이든, 모차르트와 더불어 빈고전파를 대표하는 작곡가로 이름을 남겼다. 또한 하이든과 모차르트가 확립한 고전파의 형식을 보다 개성적으로 발전시켜 낭만파 음악으로 이행해갈 수 있는 기반을 마련했다.

LEVEL UP-05

상식 폭
넓히기

〈엘리제를 위하여〉는 누구를 위한 곡일까?

베토벤이 마흔 살이 다 되어 작곡한 피아노 소품 〈엘리제를 위하여Fur Elise〉는 그가 죽은 후에 발표된 곡으로 베토벤의 다른 작품이 웅장하고 무거운 것에 비해 부드럽고 섬세한 것이 특징이다. 즉, 다른 곡들이 남성적이라면 〈엘리제를 위하여〉는 여성적이라 할 수 있다.

본래 이 곡은 '테레제'란 여인을 회상하며 쓴 곡이라고 한다. 뮌헨에서 발견된 베토벤의 자필 악보에 '테레제를 위하여 4월 27일 베토벤의 회상'이라고 적혀 있기 때문이다.

테레제 말파티Therese Malfatti는 베토벤의 치료를 맡고 있던 의사의 조카로 명랑한 성격의 소유자였다고 한다. 베토벤은 그녀에게 연모의 정을 느껴 틈이 날 때마다 그녀의 집을 찾았고 사랑을 구하는 편지를 보냈다. 심지어 그녀에게 청혼을 하기도 했다. 그러나 그때 베토벤은 마흔 살이었고, 테레제는 열일곱 살이었다. 아무튼 베토벤의 병증과 직업상 불안정을 이유로 그녀의 어머니가 반대했고, 결국 청혼은 수락되지 않았다.

그런데 왜 우리는 테레제를 위해 작곡한 곡을 〈엘리제를 위하여〉로 알고 있는 것일까? 그 이유는 베토벤이 유명한 악필이었다는 데 그 이유가 있다. 즉, '테레제를 위하여Fur Therese'였던 것을 1865년 출판될 때 베토벤의 글씨를 잘못 알아보고 '엘리제를 위하여Fur Elise'로 썼다는 것이다.

## 097

# 교향곡
Symphony(交響曲)

관현악으로 연주되는 다악장 형식의 악곡.

18세기 후반에 형식이 갖추어졌고, 고전파 이후 중요한 장르가 되었다. 형식상으로는 관현악을 위한 소나타이지만, 피아노소나타 등이 3악장으로 구성되어 있는 것과는 달리 교향곡은 4악장으로 이루어져 있다. 보통 소나타 형식의 빠른 제1악장, **리트 형식**의 완만한 제2악장, 미뉴에트나 스케르초의 제3악장, 론도나 소나타 형식의 매우 빠른 제4악장으로 구성된다.

교향곡, 즉 심포니symphony의 어원은 '동시에 울리는 음'이란 뜻의 '심포니아symphonia'다. 중세에서도 심포니아는 '동시에 울리는 음'으로밖에 쓰이지 않았다. 심포니가 악곡의 명칭이 된 것은 16~17세기에 이르러서다. 오페라 서곡으로 사용되던 심포니아가 바로크 시대의 합주·협주곡, 모음곡 등으로부터 악기 편성과 형식에 영향을 받고 심포니로 옮겨가게 되었다.

오늘날과 같은 교향곡을 완성시킨 사람은 프란츠 요제프 하이든Franz Joseph Haydn이었다. 그는 106곡이나 되는 교향곡을 남겼는데, 특히 〈놀람Suprise〉 등 만년 작품 12곡은 고전파 교향곡의 걸작으로 꼽힌다. 때문에 음악사에서 하이든은 '교향곡의 아버지'로 간주된다.

요절한 모차르트도 많은 작곡가들로부터 받은 영향을 자신만의 것으로 소화해 40여 곡의 교향곡을 작곡했다. 교향곡에 이탈리아풍의 가요성을 도입한 것도 바로 모차르트다. 특히 1788년 두 달 동안에 작곡했다고 전해지는 제39번에서 제41번까지의 교향곡들은 고전파 교향곡의 절정이라 할 수 있다.

베토벤은 모두 9곡의 교향곡을 남겼다. 교향곡의 형식에서 완성된 작법을 보여줌으로써 고전파 교향곡을 완성시켰다. 또한 제3번 〈영웅Eroica〉, 제5번 〈운명Schicksal〉, 제6번 〈전원Pastorale〉, 제9번 〈합창Choral〉(1824) 등에서 낭만파의 표제음악적表題音樂的 교향곡을 예감하게 함으로써 낭만파 교향곡의 모체가 되었다.

슈베르트는 제8번 〈미완성〉(1822)과 제9번 교향곡을 합쳐 모두 8곡의 교향곡을 작곡했다. 한편 멘델스존은 제3번 〈스코틀랜드〉(1842), 제4번 〈이탈리아〉(1833), 제5번 〈종교개혁Reformation〉(1830) 등으로 낭만적 정경묘사에 뛰어나다는 평을 얻었다. 이 외에도 슈만은 제1번 〈봄Frühling〉(1841)과 제3번 〈라인Rhein〉(1850), 베를리오즈는 〈환상〉(1830)과 〈이탈리아의 해럴드〉(1834)와 같이 뛰어난 작품을 남겼다.

교향곡은 19세기 중엽에 이르러 고전적인 형식에서 탈피, 보다 더 표제음악적이고 문학적 경향이 강한 곡으로 탈바꿈하게 되었다. 이를 주도한 인물은 리스트였다. 그러나 브람스처럼 고전적인 교향곡을 작곡하는 작곡자도 있었다. 이 시기 브람스는 4곡을, 브루크너는 10곡을, 말러 역시 10곡을 작곡했다. 또한 차이콥스키도 제6번 〈비창Pathetiaue〉(1893)을 비롯해 6곡의 작품을 남겼다.

20세기의 교향곡은 이전만큼 중요한 음악 양식으로 인정받지는 못한다. 그러나 쇤베르크나 스트라빈스키, 쇼스타코비치 등도 개성적인 작품을 작곡했다.

표제음악과 절대음악

표제음악Program Music은 일정한 관념이나 사물을 묘사하거나 서술하려는 음악이다. 기악곡에 다른 요소, 즉 문학, 역사, 자연 환경 등을 도입해 음악적인 어법으로 표현하려 한다. 주로 19세기 낭만파 음악에서 많이 볼 수 있다.

반면 절대음악Absolute Music은 순수 기악음악으로서 음악 이외의 사상이나 예술을 표현한다든가 묘사하는 것을 배제한다. 또한 기분이나 감정 역시 드러내거나 암시하지 않는다. 소리의 순수한 예술성만을 목표로 삼는다.

실제로 표제음악은 절대음악과 비교했을 때 외형적인 형식에 있어서는 별 차이가 없다.

표제음악으로서의 교향곡은 베토벤의 〈전원〉을 효시로 볼 수 있다. 대표작은 베를리오즈의 교향곡 〈환상〉이다. 이 외에도 리스트의 교향시나 차이콥스키의 무용 모음곡 등도 표제음악이라 할 수 있다.

098 리트 형식
Lied Form

서양 음악의 악곡 형식.

가요형식歌謠形式, 가곡형식이라고도 한다. 단순한 가곡의 형식에서 비롯되었다. '리트'는 독일말로 문학 분야에서는 노래가 가능한 독일어 시를 가리키고, 음악에서는 독일어로 된 가곡을 가리키는데 독창곡, 합창곡뿐 아니라 선율성이 강한 피아노곡 등에도 리트라는 명칭을 붙인다. 그러나 일반적으로는 피아노 반주로 부르는 독창용 가곡을 가리킨다.

리트는 19세기 이후 괴테, 하이네, 아이헨도르프 등의 낭만파 시인들의 서정시에 자극을 받은 음악가들이 음악과 시의 이상적인 융합을 도모하면서 생겨났다. 슈베르트에 의해 완성되었고, 슈만이 이를 계승했다고 본다. 브람스도 대표적인 음악가 중 한 사람이다. 그중에서도 특히 손가락 부상으로 피아노 연주자에서 작곡자로 전향한 슈만이 리트를 작곡하면서 본격화되었다.

리트의 형식에는 두도막형식, 세도막형식 등이 있다. '리트 형식'이란 말이 미뉴에트 형식에 대립해 사용되었기 때문에 단순히 세도막형식만을 가리키기도 하지만, 일반적으로는 두도막형식까지 포함한다.

  이렇듯 가곡에 사용되던 리트 형식은 기악곡인 춤곡舞曲이나 **변주곡** 등에서도 많이 볼 수 있다. 그리고 좀 더 복잡한 형식으로 발전한 것은 소나타나 교향곡의 느린 악장, 특히 2악장에서 볼 수 있다.

괴테
Goethe

하이네
Heine

아이헨도르프
Eichendorff

독일 낭만파 시인들

# 변주곡
Variation(變奏曲)

099

주제와 몇 개의 변주로 이루어지는 곡.

곡에 설정되어 있는 주제, 동기, 음형音型을 여러 가지로 변형하는 기법인 '변주'로 이루어지는 곡을 변주곡이라고 한다. 즉, 변주를 악곡 구성의 기본원리로 한 곡을 말한다.

변주곡은 그 자체가 독립된 악곡이기도 하고, 소나타나 교향곡 등 고전적 기악곡의 한 악장이기도 하다.

가장 오래된 변주곡은 14세기 말 작자 미상의 〈파리의 풍차〉다. 하지만 변주곡이 일반화된 것은 16세기 에스파냐와 영국에서 **류트 음악** 및 건반음악이 성행하면서부터라고 할 수 있다.

바로크 시대에 오르간 음악이 성행하면서 절정기를 맞았다. 바흐의 〈골트베르크Goldberg〉(1742경)가 이 시대 최고의 변주곡으로 꼽힌다. 이후 변주곡은 독립된 악곡으로, 또는 악장으로 오늘에 이르기까지 가장 중요한 음악 형식의 하나가 되고 있다.

고전파에서도 변주곡은 중요한 위치를 차지했다. 하이

든과 모차르트는 주제 선율을 다양하게 장식해서 변주
했고, 베토벤은 〈디아벨리Diabelli〉(1823)를 통해 성격 변
주곡을 확립했다. 20세기 작품으로는 쇤베르크의 12음
기법에 의한 〈관현악을 위한 변주곡〉(1928)이 있다.

변주곡은 음가의 확대나 축소에 의해, 속도의 변화에
의해, 화성의 변화에 의해 다양하게 나타난다. 역사적으
로 16~17세기에는 화성과 선율을 보존한 변주를, 고전
파에서는 화성 진행만을 보존한 변주를, 낭만파에서는
주제 전체의 구조적 윤곽을 보존한 변주를 주로 사용했
다. 20세기 이후부터는 형식에 얽매이지 않고 자유로운
변주가 실험되고 있다.

100 · 류트 음악
Lute Music

류트를 위한 음악.

류트lute는 르네상스 때 유럽에서 유행했던 현악기다. 만돌린 모양으로 조금 크고 바닥에는 상아 조각으로 된 둥근 울림구멍이 있다. 또 반음 간격으로 금속의 플랫이 있고, 현을 감은 곳은 직각으로 뒤로 구부러져 있다. 현은 가로로 다섯 쌍 외에 한 줄이 더 있는 11현이 표준이었다. 류트란 용어는 원래 아라비아의 '알루드al'ud'에서 온 것으로 일설에는 같은 종류의 악기가 중국으로 건너가 비파琵琶가 되었다고도 한다.

류트에 의한 음악은 15~16세기 르네상스 시대에 성행하기 시작했다. 가장 오래된 류트 음악의 악보집으로는 1507년 이탈리아에서 출판된 것이 있다. 영국은 유럽 대륙보다는 다소 늦은 1600년 전후에 전성기를 맞이해 존 다울런드John Dowland 등이 활약했고, 같은 시기에 프랑스에서는 장 바티스트 브사르Jean-Baptiste Besard가 활약했다.

류트 음악은 주로 독주곡을 비롯해 기악곡, 무곡 등의

형태로 구현되었고, 때때로 가곡을 위한 반주로도 연주되었다. 당시의 귀족 살롱에서는 합주에도 애용되었다.

류트 음악은 1630년대에 이르러 프랑스를 중심으로 새롭게 발전하는데, 그 중심에는 파리 악파의 드니 고티에Denis Gauthier가 있었다. 고티에의 류트 음악은 17세기 후반 독일 음악가들에게 전승되어 '바로크 류트 악파'를 이루는 근간이 된다. **바흐**의 류트곡도 이 시기에 쓰였다.

류트와 그 음악은 건반악기가 발달함에 따라 18세기 중반부터 차츰 쇠퇴했다. 오늘날 류트 음악의 레퍼토리는 음악사적으로 재평가되고 있기는 하지만 현대 작곡가에 의해 새롭게 작곡되는 일은 거의 없다.

〈류트 연주가Joueur de Luth〉(1610)
투르니에 니콜라Tournier Nicolas 작품

101 요한 제바스티안 바흐

Johann Sebastian Bach

바로크 음악 작곡가, 오르간 연주자(1685.3.21~1750.7.28). 독일의 아이제나흐에서 태어났다. 바흐는 튀링겐에서 약 200년 동안 살아온 유서 깊은 집안의 자손으로 그의 일족들은 대대로 신앙이 두터웠다. 음악적으로도 사교상 모임에서 때때로 가족들만으로 음악회를 열 정도로 조예가 깊었다. 이러한 가풍에 따라 바흐는 아버지에게 바이올린을 배우는 등 어릴 때부터 음악 수업의 기초를 쌓았다.

열 살 때 양친을 여의고 형에게 의지하면서부터는 형에게서 피아노의 전신이라 할 수 있는 클라비어를 배우기 시작했는데, 이 무렵부터 바흐는 어려운 곡을 자유롭게 연주해냄으로써 주위 사람들을 놀라게 했다.

오르간과 클라비어Klavier 등 건반악기에 관심을 가졌던 바흐는 1707년 뮐하우젠의 성 블라지우스 교회당 오르간 주자로 부임했다. 음악이 교회의 모든 의식에 쓰이면서 교회당의 성쇠를 좌우했던 시대 상황을 고려하면 음악장音樂長으로서 성가대의 지도 · 훈련 · 지휘를 담당하는 한편 예배곡을 작곡하던 오르간 주자의 지위는 사회적으로 대단한 것이었다. 또 훗날 바흐가 수많은 예배곡을 남긴 것도 다 오르간 주자를 했기 때문이라 할 수 있다.

한편 바흐가 활동하던 18세기 중엽은 음악 분야에 큰 변화가 시작된 때다. 인간의 이성과 자연감정을 추구한 계몽사상은 복잡한 대위법의 음악보다는 단순 명쾌한 곡조를 선호하게 했고, 교회음악도 주관적인 감정표현을 추구하는 **'다감양식'**으로 변화시키고 있었다. 이런 시대적 · 사회적 변화 속에서 바흐 역시 계몽사상에 큰 영향을 받았다.

육촌 동생 마리아 바르바라 바흐와 결혼한 후 바흐는 1708년 바이마르로 옮겨 제1류 오르간 연주자로 명성을 쌓았고, 이때 대부분의 오르간 곡을 작곡해냈다. 이어서 1714년 궁정 관현악단의 수석 연주자로, 1717년에는 궁정 예배당 관현악단의 악장으로 임명되었다. 이 시기에 〈브란덴부르크 협주곡Brandenburgische Konzerte〉을 작곡했다.

1723년에는 라이프치히 시에 있는 두 교회의 악장으로 취임해 많은 사람들

클라비어

로부터 배움을 청탁 받는 등 명성을 자랑했다. 심지어 그와 그의 일가가 주최하는 모임이 라이프치히 시가 주최하는 모임을 압도할 정도였다. 때문에 시와 원만하지 못했고, 이로 인해 바흐는 개인적으로는 힘겨워했다. 그런 와중에 그는 1722년 성 토마스 교회의 칸토르cantor에 취임했다. 칸토르는 교회음악의 작곡과 그 연주의 책임자다. 바흐는 사망할 때까지 27년 동안 그 지위에 있으면서 140곡 이상의 교회 칸타타를 비롯 〈마태 수난곡 Erbarme dich〉, 〈마니피카트magnificat〉 등을 작곡했다.

1747년 바흐는 포츠담 궁정을 방문, 왕이 제시한 주제로 〈음악의 헌정Musikalisches Opfer〉이라는 즉흥연주를 완성하고, 이듬해에는 최후의 역작으로 알려진 〈푸가의 기법Die Kunst der Fuge〉을 작곡하기 시작했다. 그러나 2년 후인 1749년 5월 뇌일혈 발작을 일으킨 이후 지병이었던 안질이 악화되면서 시력이 급속도로 감퇴되었고, 그로 인해 직접 곡을 쓰는 것이 불가능해졌다.

1750년 3월과 4월에 두 차례 수술을 받았으나 끝내 바흐는 시력을 잃고 말았다. 그리고 다시 뇌일혈 발작을 일으켰고, 결국 발작을 일으킨 지 열흘 후에 숨을 거뒀다. 때문에 작곡 중이던 〈푸가의 기법〉은 미완성인 채로 남겨지고 말았다.

바흐는 거의 모든 악곡에 있어서 천재성을 발휘했는

데, 특히 오르간 곡과 오라토리오, 실내악곡에 뛰어난 작품을 남겼다. 또 피아노 주법을 오늘날의 주법과 같은 수준으로 끌어올리기도 했다.

그중에서도 바흐가 가장 심혈을 기울인 것은 오르간을 위한 곡이었다. 하지만 완전한 곡이 아니면 남기지 않았던 바흐의 성격과 거듭된 화재로 인해 오늘날 전해지는 곡의 수는 그리 많지 않다.

기악곡에 있어서는 오늘날과 같은 대규모의 관현악곡은 없다. 하지만 당시 유행하던 미뉴에트 · 부레 · 가보트 등의 무곡을 임의로 삽입하거나 전주곡을 곁들임으로써 유럽식 음계 조직을 개량하려 한 이상이 담긴 〈평균율 클라비어곡〉을 남겼다.

오르간을 연주하는 바흐

이러한 바흐의 시도, 그리고 업적의 토대 위에서 아름다운 모차르트의 음악과 강력한 베토벤의 음악, 그리고 즐거운 슈베르트의 음악이 탄생되었다. 때문에 바흐를 '음악의 아버지'로 부르는 데 주저하지 않는다.

바흐의 악보

바흐 가족의 아침 음악회

102 다감양식
Empfindsamer Stil(多感様式)

다양한 정서와 깊이 있는 감정 표현을 강조한 음악 양식. 18세기 초 독일 기악 음악에서 나타났다. 감정과다양식感情過多様式이라고도 한다. 1750년 무렵부터 1780년대까지 요한 제바스티안 바흐의 두 아들 빌헬름 프리데만 바흐와 카를 필립 임마누엘 바흐, 그리고 요한 요하임 크반츠 등이 주도했다.

다감양식은 계몽주의 철학이 중요하게 여긴 자연스러운 감정의 표출을 꾀했다. 따라서 로맨틱한 색채가 짙었다. 이러한 점은 19세기 낭만주의와 이어진다고 볼 수 있다. 주제를 강조함으로써 음악 효과를 높이고, 격렬한 효과를 보기 위해 대조적 분위기의 악기들을 가깝게 배치시켰다.

다감양식은 로코코 음악에 포함시킬 수도 있으나 주제의 강조와 낭만적 경향으로 보면 갈랑 양식으로 대표되는 프랑스의 로코코 음악과는 확실히 구별된다.

갈랑galant 양식은 궁정이나 귀족사회에서 발생한 음악으로 우아하고 쉬운 선율, 바로크식의 엄격함 거부,

자연스럽고 부드러운 반주음형 등을 특징으로 하는데, 이탈리아와 프랑스를 중심으로 발전했다. 사치스러운 궁정 취향을 만족시키는 협의의 **로코코 음악**이라 할 수 있다.

반면 다감양식은 독일을 중심으로 한 부르주아의 양식이었다. 때문에 비교적 검소했다. 대신 도약이 심한 멜로디 라인, 풍부한 악곡의 짜임새, 자유로운 리듬 등을 특징으로 했다. 또한 감정을 검소하게 표현함으로써 엄숙하고 진중한 음악을 추구했다.

이후 두 음악은 고전파 음악에 완전히 흡수되었다.

103 로코코 음악
Rococo Music

우아함, 섬세함, 경쾌함을 특징으로 하는 음악의 한 경향.

바로크에서 고전파로 옮겨가는 과도기인 18세기 전반부터 중반까지 성행했다. 웅대하고 정열적이며 힘찬 바로크 양식에 비해 로코코 양식은 섬세하고 경쾌하다. 루이 15세의 궁정을 중심으로 갈랑 양식을 탄생시킨 프랑스 음악과 그에 영향을 받은 독일과 이탈리아의 음악이 여기에 속한다.

로코코는 전체적으로 바로크 양식을 이어받아 세련된 디테일로 다듬어나갔기 때문에 바로크 후기의 한 현상이라고도 할 수 있다. 하지만 독자적인 정감과 감각을 불어넣음으로써 이후 로코코 양식은 18세기 중엽에 성행한 다감양식을 거쳐 고전파에 이르게 된다. 바로크와 고전파를 잇는 다리 역할을 한 것이다.

'로코코'는 '조개껍데기'를 뜻하는 프랑스어 '로카유 rocaille'에서 유래된 말로 18세기 중반 프랑스 루이 15세 시대에 전성기를 이룬 화려한 실내장식에 사용된 양식을 가리키는 말이었다. 즉, 로코코는 미술사에서 먼저 등장했던 것이다.

음악에서의 로코코 양식은 1670년경 프랑스에서 등장한 이래 바로크의 웅장함을 우아함과 아름다움으로 변화시켜 엄숙한 음악에 지쳐 있던 사람들의 마음을 보다 부드럽게 어루만져 주었다.

한편 이탈리아의 로코코 음악은 페르골레시로 대표되는 **나폴리 악파**에 의해 주도되었는데, 프랑스의 로코코에 비해 서민적이었으나 경쾌한 재치와 화려함에 있어서는 우월했다.

로코코 양식은 이탈리아와 빈의 전前고전파로 대표되는 오스트리아를 중심으로 18세기 중엽까지 이어지면서 하이든, 모차르트 등이 활약한 고전파 초기까지 중요한 역할을 했다.

나폴리 악파

Scuola Napoletana

104

새로운 오페라 양식을 창안해낸 일련의 나폴리 작곡
가들.

17세기 말에서 18세기까지 나폴리를 중심으로 활약
했다. 역사적으로 오페라는 피렌체 악파 계열의 로마 악
파에 의해 창시되어 발전했고, 17세기에는 베네치아를
중심으로 유럽 각지로 퍼져 나갔다. 이후 17세기 말 베
네치아 악파에 영향을 받아 발전한 나폴리 작곡가들은
이전 베네치아 악파 오페라의 특징인 보수성 · 대위법
성 · 귀족성을 축출하고 대신 새로운 양식을 창안해냄으
로써 이후의 오페라 역사를 이끌었다. 바로 이 나폴리
작곡가들과 그들의 영향 하에 있던 일련의 작가들을 나
폴리 악파로 일컫는다.

나폴리 악파의 오페라가 가진 특징은 일반적인 대사
를 노래로 하는 레치타티보Recitativo와 아리아를 명확히
분리, 극의 진행을 모두 레치타티보에 의존했다는 데 있
다. 또한 아리아를 주연 가수들의 감정 표현과 기교 과
시를 위해 사용, 오페라 음악의 중심을 이루게 했다. 그

결과 가수들은 **아리아**에서 기교를 발휘하게 되었고, 나아가 벨 칸토 창법을 창안·발전시켰다.

나폴리 악파는 오페라뿐 아니라 성악, 기악 양식에도 큰 영향을 끼쳤다. 또 나폴리 악파가 즐겨 쓴 '급-완-급'이라는 형식을 갖춘 서곡은 이후 이탈리아풍의 서곡이라 불리며 고전파 교향곡의 중요한 모체 중 하나가 되었다. 그러나 18세기 후반 나폴리 악파가 이끌던 아리아 중심의 오페라는 가수의 기교에 치중한 점, 극적 요소가 결여된 점으로 인해 비판을 받고 마침내 쇠퇴하고 말았다.

대표적인 작곡가로는 A. 스카를라티, F. 프로벤찰레, N. 로그로시노, G. 라틸라, D. 치마로자, F. 디 마요, G. 사르티 등이 있다. 이들은 이탈리아를 비롯한 유럽 전역에 나폴리 악파의 오페라를 소개했다. 그 결과 독일의 J. A. 하세와 C. H. 그라운, 에스파냐의 D. 페레즈와 D. 테라델랴스 등이 나폴리 악파의 양식을 계승하게 되었다.

105 아리아
Aria

오페라, 칸타타, 오라토리오 등의 독창 부분.

대부분 독창이지만 드물게 2중창도 있다. 우리말로는 영창詠唱이라고 한다. 반면 레치타티보는 서창敘唱이라고 한다.

아름다운 선율을 특징으로 하고, 대부분의 경우 기악의 반주가 따른다. 레치타티보가 대사를 노래처럼 하는 것으로서 대사를 전달하고 극의 흐름을 이어나가는 데 중점을 두고 있다면, 아리아는 모든 음악적 표현수단을 구사하고 가수의 기량을 표출하는 데 중점을 둔다. 그러나 소위 리트독일 가곡처럼 그 자체로서 완결된 노래가 아니라 오페라, **오라토리오** 내용의 극적 전개와 유기적인 연관성을 지니고 있다.

오페라는 17세기 초 이탈리아에서 생겨났지만 아리아가 처음부터 중요시되었던 것은 아니다. 초기의 오페라는 문학적 가치를 우선시했기 때문에 시종일관 레치타티보에 의존했다. 그러나 18세기에 이르러 나폴리 악파가 새로운 오페라를 창안해내면서 아리아가 중요하게 되었다.

19세기 이탈리아의 오페라 작곡가들도 아름다운 선율의 아리아를 작곡하는 데 주력했다. 그러나 바그너의 혁명적인 악극을 거쳐 무소르그스키Mussorgsky나 드뷔시 등에 의한 근대 오페라에 이르러 쇠퇴하기 시작했다. 거기에는 기교적이며 장식적인 아리아가 자연스러운 극의 흐름을 방해한다는 판단이 작용했다.

선율적인 기악의 소품을 '아리아'로 부르기도 한다.

오늘날까지도 대중적으로 인기를 얻고 있는 유명한 아리아로는 바흐의 관악모음곡 제3번 D장조의 제2곡 〈에어Air〉를 빌헤르미가 편곡한 'G선상의 아리아Air on the G String'가 있다. 이 외에도 베르디 오페라 〈라 트라비아타La Traviata〉의 '축배의 노래Brindisi', 푸치니 오페라 〈라보엠La Bohème〉의 '그대의 찬 손Che gelida manina', 모차르트 오페라 〈마술피리〉의 '밤의 여왕의 아리아Der hoelle Rache kocht in meinem Herzen' 등이 유명하다.

오라토리오
Oratorio

106

17세기에서 18세기에 가장 성행했던 대규모의 종교적 극음악.

우리말로는 성담곡聖譚曲이라고도 한다. 일반적으로 동작이나 무대장치 없이 진행되며 성서에 입각한 종교적인 내용을 제재로 한다. 독창, 합창, 그리고 여기에 반주를 하는 관현악이 등장하는 것은 **오페라**와 마찬가지지만 오페라에 비해 합창의 비중이 더 크다. 또한 내용을 전개해주는 내레이터가 등장한다.

'오라토리오'라는 용어는 본래 이탈리아어로 가톨릭성당의 '기도소祈禱所'를 뜻한다. 16세기 후반 로마의 성 필리포 네리가 기도소 집회에서 음악을 사용한 것을 계기로 특정 음악 형식을 가리키는 용어가 되었다.

오라토리오는 17세기에 이르러 종교개혁에 반대하는 신도 강화책과 결부되어 이탈리아에서 발달하기 시작했고, 이후 라틴어로 하는 오라토리오와 베네치아 악파의 오페라 양식을 받아들인 오라토리오로 크게 나뉘게 되었다. 특히 후자는 나폴리 악파를 중심으로 19세기 초

엽까지 지속되었다. 한편 독일의 오라토리오는 초기에는 이탈리아어 오라토리오의 영향 아래 있었으나 17세기 이후 독일어로 된 오라토리오가 확립되면서 바흐와 텔레만으로 계승되었다. 이후 오라토리오는 제재가 종교적인 것에서 벗어나면서 관현악이 따르는 큰 규모의 성악곡을 가리키는 용어로 사용되었다.

대표적인 오라토리오 작곡자는 헨델이다. 게오르그 프리드리히 헨델George Fredric Handel은 〈메시아 Messiah〉(1742), 〈마카베우스의 유다Judas Maccabeus〉(1746)와 같은 명곡을 남겼을 뿐만 아니라 영어로 된 오라토리오를 확립함으로써 오라토리오 역사에서 전성기를 이뤄 냈다.

그 외에도 헨델의 웅대한 합창 양식과 고전파 기악 양식을 살린 〈천지창조The Creation〉(1798)의 하이든이나 19세기를 이끌었던 낭만파의 멘델스존, 리스트, 베를리오즈 등도 뛰어난 작품을 남겼다. 20세기에도 오네게르Arthur Honegger의 〈화형대의 잔 다르크Jeanne D'arc Au Bucher〉(1938)처럼 종교적인 제재의 오라토리오가 작곡되었다. 하지만 스트라빈스키, 쇤베르크, 쇼스타코비치 등은 종교에서 벗어나 보다 자유로운 제재의 오라토리오를 작곡했다.

107 오페라
Opera

음악을 중심으로 한 종합무대예술.

우리말로는 가극歌劇이라고 한다. '오페라'는 원래 작품이란 뜻을 가지고 있는 라틴어 '오푸스opus'의 복수형이다. 처음 오페라가 등장했을 때에는 '드라마 페르 뮤지카dramma per musica', 즉 '음악을 위한 극'이라고 했다. 이후 '오페라 인 뮤지카opera in musica'가 되면서 약칭으로 오페라로 불리게 되었다.

오페라는 음악적 요소 외에도 대사로 나타나는 산문·시적 요소, 극으로서의 구성과 연기로 대표되는 연극적 요소, 무대장치와 의상으로 나타나는 미술적 요소, 그리고 무용적 요소 등이 합쳐진 종합무대예술이다. 따라서 관객을 끌어들일 수 있는 매력이 큰 것도 사실이지만 그만큼 작품에 일관되어야 하는 통일성을 잃기 쉽다는 단점이 있다. 특히 음악적 요소와 극적 요소를 어떻게 조화시킬 것인가는 오늘날까지도 오페라의 숙제로 남아 있다.

오페라는 단순한 음악극이 아니다. 오페레타Opereta나

뮤지컬도 음악을 주로 한 극이지만 오페라라고는 하지 않는다. 오페라가 되기 위해서는 두 가지 조건이 필요한데, 첫째 조건은 16세기 말의 이탈리아, 특히 나폴리 악파를 중심으로 제기된 음악극의 흐름을 따라야 한다는 것이다. 따라서 그 이전의 종교적인 음악극이나 이 흐름에 속하지 않는 창극 같은 음악극은 오페라의 범주에 넣지 않는다. 둘째 조건은 모든 대사가 노래로 표현될 수 있도록 작품 전체가 작곡되어 있어야 한다는 것이다. 하지만 징슈필 계열에 속하는 모차르트의 〈마술피리〉, 베버의 〈마탄의 사수Der Freischütz〉 등과 민속 오페라에 속하는 스메타나의 〈팔려간 신부Prodan neve ta〉, 비제의 〈카르멘Carmen〉 등은 말로 하는 대사가 있음에도 불구하고 오페라에 포함시키고 있다.

오페라의 음악은 독창과 합창, 관현악으로 구성되어 있다. 독창은 등장하는 인물들이 맡는데 음높이에 따라 소프라노, 메조소프라노, 알토, 테너, 바리톤, 베이스 등으로 나뉘어 독창을 하거나 중창을 한다. 이는 아름다운 선율과 가수의 기교를 내세운 아리아영창(咏唱)와 이야기하는 것처럼 부르는 레치타티보서창(叙唱)로 크게 나뉜다. 합창은 군중으로 등장하는 인물들이 담당했다.

오페라에서 관현악은 각 노래의 반주인 동시에 등장인물의 감정, 성격, 행동 및 무대의 분위기 들을 묘사하는 역할을 담당한다. 또한 오페라 서두의 서곡이나 전주곡처럼 관현악만으로 연주되는 부분도 있다. 그중 전주곡은 제2막이나 제3막의 처음에 나오기도 한다.

한편 오페라의 음악은 **리브레토**라고 하는 대본을 바탕으로 작곡이 되는데, 과거에는 리브레토를 쓰는 전문 작가들이 있었지만 후대로 가면서 작곡자가 직접 쓰게 되었다.

오페라를 통해 벨 칸토라고 하는 발성법의 발전을 이룬 이탈리아에서는 익살스러운 내용의 짧은 연극을 삽입한 기악곡 '인테르메초intermezzo'가 후일 독립하여 비극적 내용의 전통 오페라와 함께 오페라의 한 갈래로 자리를 잡았다. 독일에서는 이탈리아 오페라의 형식을 따르다가 민속적이자 자국어로 된 징슈필이 자리를 잡았다. 물론 베버 이후에는 낭만적 오페라가 주류를 이루게

자코모 푸치니Giacomo Puccini

되었다. 그러나 이는 바그너의 악극에 의해 전혀 새로운 형태를 갖추게 된다.

그 외에도 프랑스는 비극으로서의 전통 오페라 외에 오페라 코미크Opera Comique가, 영국에서는 희극으로서의 발라드 오페라ballad opera가 만들어져 널리 유행되었다. 러시아는 19세기 이후에서야 내용이나 음악에 있어서 독특한 러시아만의 오페라, 즉 국민 오페라를 만들어 냈다.

오늘날에도 제작·공연되고 있는 오페라는 푸치니와 베르디 등 19세기 말에서 20세기 초에 활약한 작곡자들의 작품이다. 대표적인 것으로는 푸치니의 〈나비 부인 Madam Butterfly〉, 베르디의 〈아이다Aida〉 등이 있다.

주세페 베르디Giuseppe Verdi

바그너의 오페라

빌헬름 리하르트 바그너Wilhelm
Richard Wagner는 독일의 음악
가로 라이프치히에서 태어났다
(1813.5.22~1888.2.13). 작곡자, 지휘
자, 음악 이론가로 활동했으며 수필
가이기도 했다. 그러나 그가 음악사

적으로 의미가 있는 이유는 새로운 형식의 오페라를 창시했기
때문이다.

바그너의 오페라는 규모와 영역면에서 독특한 업적을 남겼다.
먼저 그는 전해 내려오는 다양한 전설에서 소재를 적절히 선택
하여 극의 구도 속에 집어넣었다. 즉, 아이스킬로스가 쓴 〈오레
스테이아Oresteia〉의 플롯에서 결정적인 중요 사건만을 취해 줄
거리를 단순화한 뒤 인물의 동기부여 과정에서 행위가 일어나
도록 배치했다. 이를 통해 커다란 윤곽은 유지한 채 동기들을
발전시킴으로써 심리적 상황이 이루어지게 만들어낸 것이다.

바그너의 오페라는 신화를 소재로 했기 때문에 전체적인 분위

기가 무겁고 스케일이 크며, 연기도 진지하고 정적이며 느리다. 그리고 이탈리아 오페라와는 달리 가수의 기교에 의존하기보다는 가사나 대사 전달에 더 큰 비중을 둔다. 때문에 중음역대의 힘차고 정열적인 소리, 밝고 투명한 음색으로 노래해야 한다. 바그너는 이러한 발성을 특징으로 하는 벨 칸토 창법을 선호했다.

그 외에도 바그너의 오페라에 참여한 가수는 체인지 보이스 Change Voice, 즉 저음에서 고음으로 올라갈 때 갖는 과도기적인 음역대를 많이 사용해야 한다. 이탈리아 오페라가 이 체인지 보이스를 가볍게 넘나드는 것과는 대조적으로 바그너의 오페라는 체인지 보이스 음역대에 오래 머물기 때문에 노래하는 데 힘이 많이 든다. 게다가 바그너의 웅장한 관현악 반주를 이겨내고 목소리를 관객에게 전달하기 위해서는 엄청난 성량을 필요로 한다. 그래서 바그너 오페라에 출연했다가 성대결절로 인해 이전의 목소리를 잃어버린 가수가 많다.

더불어 바그너 오페라는 가수에게 노래 외에 극적인 연기력을 요구한다. 때문에 바그너 오페라를 완벽하게 소화할 수 있는 가수에게는 특별히 '바그너 오페라 가수'라는 명예가 주어진다.

20세기 최고의 소프라노라 불리는 마리아 칼라스는 이탈리아 오페라뿐 아니라 바그너의 오페라를 완벽하게 소화해낸 몇 안 되는 가수였다. 오늘날 3대 테너 중 한 사람인 플라시도 도밍고도 1990년 바그너의 오페라 〈로엔그린〉에 출연함으로써 연기력과 성량을 크게 인정받았다.

바그너의 오페라로는 1843년의 〈방황하는 네덜란드인Der fliegende Holländer〉, 1845년의 〈탄호이저Tannhäuser〉, 1848년의 〈로엔그린Lohengrin〉, 1859년의 〈트리스탄과 이졸데Tristan und Isolde〉, 1854년부터 20년 동안 네 개의 악극으로 구성한 〈니벨룽겐의 반지Der Ring des Nibelungen〉 등이 있다.

특히 〈니벨룽겐의 반지〉는 고대 노르웨이와 아이슬란드의 전설집, 그리고 중세 독일의 영웅 서사시 〈니벨룽겐의 노래〉에 기초한 작품이다. 바그너는 이 작품을 완성하는 데 무려 26년을 소요했다고 한다(1848~1874). '라인의 황금Das Rheingold', '발퀴레DieWalküre', '지크프리트Siegfried', '신들의 황혼Götterdämmerung' 등 총 4부작으로 이루어진 대작으로, 전곡을 공연하는 데 15시간 이상이 소요되고, 관현악 편성도 100명이 넘어야 한다.

리브레토
Libretto

108

오페라의 대본, 각본.

'리브레토'라는 말은 '소책자'라는 의미를 가지고 있
다. 오페라나 오페레타, 칸타타 등 극적 형식을 취한 성
악 작품의 대본으로 노래 가사나 대사가 쓰여 있다. 일
반적으로는 종합예술형태를 취하는 오페라의 대본을
가리킨다. 리브레토는 보통 운문으로 쓰였는데, 일반적
인 희곡과 마찬가지로 막·장場·경景으로 나뉘어 구성
되어 있다.

리브레토 제재題材의 종류나 리브레토가 오페라 전체
에서 차지하는 위치 등은 시대에 따라 큰 차이가 있다.
르네상스 초기 이탈리아 오페라는 제재를 **그리스 연극**
의 형식을 모방한 신화적인 것에서 취한 반면 18세기에
이르러서는 그때그때의 시사적 화제를 채용했다. 현실
적 색채가 보다 짙어진 것이다. 또한 대본의 극적 구성
을 중요시하게 되었다.

19세기에는 셰익스피어나 실러처럼 인기 있는 작가
의 작품을 대본으로 하는 경향이 나타났다. 그리고 그

이후에는 작곡가 자신이 직접 대본을 쓰게 되었다. 20세기에는 희곡을 그대로 오페라로 옮겨 작곡하는 경향으로 전개되었다.

오늘날에도 많은 희곡이나 소설을 바탕으로 리브레토가 쓰여지고 있다.

오페라 〈토스카Tosca〉의 리브레토 표지
프랑스의 극작가 빅토리앙 사르두Victorien Sardou의 희곡 〈라 토스카La Tosca〉를
기본으로 해 이탈리아의 작곡가 푸치니가 오페라로 완성시켰다.

그리스 연극
Greek Theater

## 109

합창대와 배우의 문답 형식으로 진행된 고대 연극.

아테네 전성기인 기원전 5세기에 가장 성행했다. 그리스 연극에 대한 최초의 기록에 의하면 기원전 534년 비극의 창시자라고 전해지는 테스피스Thespis가 합창대와 배우 한 명과의 문답 형식으로 상연했다고 한다. 그리스 연극은 기원전 5세기의 전성기를 거쳐 기원전 3세기경까지 행해진 다음 로마로 이어졌고, 이어서 로마에 의해 유럽 전체로 퍼졌다. 이로써 고대 그리스 연극은 유럽 연극의 원류源流가 되었다.

그리스는 매년 3월에는 연극과 술의 신 디오니소스의 제사디오니시아(Dionysia)를, 겨울에는 전원제田園祭를 열었는데 전자 때에는 비극을, 후자 때에는 희극을 경연했다. 연극은 아크로폴리스 신전에 딸린 디오니소스 극장에서 신관神官의 주관 하에 1만7천 명이 넘는 관중을 모아 놓고 하는 국가적 행사였다. 작가들은 이 제전에의 참가 자격을 얻기 위해 제전을 주최하는 집정관archon에게 참가 신청을 했고, 작품이 선정되면 세금의 형태로 필요한 돈을 받았다.

제전에서 상연되는 연극은 한 연극당 다섯 개의 극시를 무대에 올리는 형식이었으나 펠로폰네소스 전쟁으로 재정적인 어려움을 겪자 세 편의 극시를 올리는 것으로 수정되었다. 다섯 명의 심판관이 평가해 1등을 선별했고, 1등을 한 작가는 커다란 명예를 얻었다. 또한 예선을 통과한 작가에게는 각각 돈 많은 사람이 붙어 일체의 비용을 부담했을 뿐만 아니라 합창대의 편성, 의상의 준비 등을 도맡아 해결해주었다. 이때 작가는 합창대의 연습, 배우들의 연기 지도, 작곡 등 연출 전반을 담당했다.

극장의 구조는 경사면을 이용한 부채꼴 모양으로 관객석은 계단으로 했고, 무대는 반원형 또는 원형으로 해서 합창대가 섰으며, 그 앞에는 배우가 연기하는 장소가 있었다. 주인공 배우는 오늘날과는 달리 채색된 삼베에 진흙을 발라서 굳힌 가면이나 나무로 만든 가면을 썼고, 객석에서 잘 볼 수 있도록 굽이 높은 반장화를 신었다.

초기에는 배우보다 합창대가 담당하는 연기가 더 많았으나 아이스킬로스가 한 명이었던 배우를 두 명으로 늘리고, **소포클레스**가 세 명으로 늘림으로써 극의 중심이 배우들에게로 이동되었다. 한편 극에 등장하는 합창대나 배우들은 모두 남자들이었다.

고대 그리스 연극에서 중요한 역할을 한 합창대는 서

사詞序 뒤에 등장해 피리 반주에 맞춰 노래와 춤을 담당하는 한편 배우들과의 대화로 극을 이끌어나갔다. 초기 비극에서는 합창대 인원이 12명이었으나 소포클레스에 이르러 15명으로 증원되었다. 소포클레스는 그들 중 한 명을 합창대장에 임명했다. 반면 희극에서의 합창대는 24명으로 구성되어 있었다.

한편 그리스 연극이 이론적으로 체계화된 것은 아리스토텔레스의 《시학》에 의해서다. 《시학》은 로마의 호라티우스의 《시론》과 함께 비극의 규범이 되었고, 이러한 이론적 토대 위에서 그리스 연극은 '때·장소·시간'의 일치를 고수하는 '5막 운문의 영웅 이야기'의 형태로 프랑스에서 재탄생되었다.

16세기 이후 유럽 각국의 연극에 흡수된 그리스 연극은 재검토·번안·재해석·각색 등의 과정을 거쳐 프랑스의 장 폴 사르트르Jean Paul Sartre, 독일의 베르톨트 브레히트Bertolt Brecht, 미국의 유진 글래드스턴 오닐 Eugene Gladstone O'Nell 등의 작품 속에 여전히 살아 숨 쉬고 있다.

오늘날에도 그리스 연극을 상연하려는 시도는 때때로 있어 왔다. 특히 1827년 투르크의 속령에서 벗어나 독립한 그리스는 민족의식 고취의 일환으로 '고대 문화유산을 현대에 부활시킨다'는 모토 아래 1936년부터 고전 작품을 상연해오고 있다. 이를 위해 그리스 정부는 아테네 아크로폴리스에 있는 로마시대 건축물 헤로도스 아티쿠스Herodes Atticus 극장을 복원했고, 무용장 설비를 마련했으며, 합창대까지 양성했다. 공연은 그리스 국립극단이 맡고 있다.

복원된 헤로도스 아티쿠스 극장

110 소포클레스
Sophocles

고대 그리스 3대 비극시인 중 한 명(BC 496~BC 406).

아테네 교외에 있는 콜로노스에서 태어났다. 아름다운 용모와 재능을 타고난 데다가 기사騎士 신분의 집안에서 태어났기 때문에 평생 작가로서, 시민으로서 명예롭게 살았다. 부유한 무기 상인이었던 아버지 덕분에 아이스킬로스에게 사사하는 등 당대 최고의 교육을 받았다. 또 열여섯 살 때인 기원전 480년 살라미스 해전이 그리스의 승리로 돌아간 것을 축하하는 축제에서 하프를 연주, 무용단을 선도했다는 일화가 전할 정도로 음악에도 재능을 보였다.

스물아홉 살이던 기원전 468년에는 디오니소스제의 비극 경연에서 스승이자 당대에 이미 작가 반열에 올라 있던 아이스킬로스를 물리쳐 명성을 떨쳤다.

소포클레스는 아테네와 스파르타가 각각 자기편의 동맹시를 거느리고 싸운 펠로폰네소스 전쟁(BC 431~BC 404)을 전후로 정치에 참여, 페리클레스의 정치 노선을 지지했다. 또 443년에는 페리클레스와 함께 델로스 동맹을 위한 위원 10인 중 한 사람으로 선출되기도 했다. 전쟁 중 여러 차례 해군제독으로 활약했고, 아테네의 내정이 동요되었던 시기(BC 413~BC 411)에는 국가 최고위원으로 선출되기도 했다. 이런 명성 때문에 외국에서 초청도 했지만 소포클레스는 이를 거절하고 애국심과 진지한 인품으로 평생을 아테네에서 살았다.

음악적·문학적 재능에 아름다운 용모, 게다가 군인으로서나 정치인으로서 큰 활약을 했기 때문에 그는 아테네 시민으로부터 큰 사랑을 받았다. 때문에 그가 죽은 후 아테네 시민들은 그를 덱시온Dexion이라 부르며 칭송했다. 즉, '복을 주는 영웅신'이라는 영웅 칭호를 준 것이다.

다양한 분야에서 재능을 떨쳤던 소포클레스이지만, 그의 역사적 의의는 바로 그가 쓴 비극에 있다. 스물아홉 살에 비극 경연에서 스승 아이스킬로스를 꺾고 우승한 이래로 그는 123편의 작품을 썼고, 비극 경연에서 18회나 우승했다.

소포클레스의 비극 작법은 크게 3기로 나눌 수 있다. 초기에는 아이스킬로스의 작품을 그대로 답습해 장중하며 화려한 작품을 썼다. 중기에는 엄밀한 기교주의를 펼쳤다. 후기 원숙기에는 등장인물의 성격과 일치하는 문체에 치중했다.

소포클레스의 작품 중 현존하는 것은 모두 7편으로 연대순으로 정리하면 〈아이아스Aias〉, 〈안티고네Antigone〉, 〈오이디푸스 왕Oidipous Tyrannos〉, 〈엘렉트라Elektrai〉, 〈트라키스의 여인Trāchiniai〉, 〈필로크테테스Philoktetes〉, 〈콜로노이의 오이디푸스Oidipous epi Kolōnōi〉가 된다.

한편 소포클레스는 상연 형식에 대해서도 깊은 연구를 했다. 배경화를 고안하고 소도구를 채용하기도 한 그는 합창대를 종전의 12명에서 15명으로 늘리고, 배우도 종전의 2명에서 3명으로 늘림으로써 등장인물의 성격을 생생하게 부각시키는 한편 이들의 충돌과 보복, 그리고 파멸로 치닫는 과정을 복선伏線으로 배치해 비극적인 긴박감을 끌어올렸다. 이러한 상연 형식은 이전과는 다른 것으로서 이후 셰익스피어의 연극을 거쳐 오늘날 무대극을 완성시킨 기원이 되었다.

Absolute Arts Common Sense

목 차   색 인

CONTENTS
INDEX

목차 색인

As the sun colours flowers so does art colour life.

태양이 꽃을 물들이듯 예술은 인생을 물들인다.

— 존 러벅